小米◎编

独一无二的幸福静候

U0912465

北方联合出版传媒（集团）股份有限公司
万卷出版公司

图书在版编目（CIP）数据

独一无二的幸福静候 / 小米编. -- 沈阳 : 万卷出版公司, 2014. 7
（真情树）
ISBN 978-7-5470-2688-5

Ⅰ. ①独… Ⅱ. ①小… Ⅲ. ①散文集 – 中国 – 当代 Ⅳ. ①I267

中国版本图书馆CIP数据核字(2014)第101044号

出版发行：北方联合出版传媒（集团）股份有限公司
万卷出版公司
（地址：沈阳市和平区十一纬路29号 邮编：110003）
印 刷 者：北京季蜂印刷有限公司
经 销 者：全国新华书店
幅面尺寸：145mm × 210mm
字 数：136千字
印 张：7.5
出版时间：2014年7月第1版
印刷时间：2014年7月第1次印刷
责任编辑：胡 利
封面设计：佳 艺
ISBN 978-7-5470-2688-5
定 价：25.00元

联系电话：024-23284090
邮购热线：024-23284050
传 真：024-23284521
E-mail：wanrongbook@163.com
网 址：http：//www.chinavpc.com

目录
Contents

Letter

Title /爸爸给女儿的一封遗书

/十年后，女儿回爸爸的信

Author /佚名

爸爸给女儿的一封遗书

给可爱的女儿：

再吃十次蛋糕就可以找爸爸了……

爸爸和你玩了好多次捉迷藏，每次都一下子就被你找出来。

不过这一次，爸爸决定躲好久好久。你先不要找，等你十六岁（还要吃完十次蛋糕）的时候，再问妈咪，爸爸躲在哪里，好不好?

爸爸要躲这么久，你一定会想念爸爸，对不对?

不过，爸爸不能随便跑出来，不然就输了。

如果还是很想爸爸，爸爸就变魔法出现。

因为是魔法，不是真的出现，所以没有犯规，爸爸不算输。

爸爸的魔法是：趁你睡觉的时候，跑到你梦里大玩游戏；在你画图画爸爸的时候，不管好不好看，你觉得是爸爸，就是爸爸；当你拿爸爸的照片看时，爸爸也在偷偷地看你……

要记得，爸爸一直都陪着你!

你已经是六岁的大姐姐了。

爸爸要拜托你一件事，要你照顾和孝顺爷爷、奶奶和妈咪，看你是不是比爸爸以前做得好。有多好，妈咪会告诉你的。

爸爸猜想，我们这一次玩捉迷藏要玩这么久，爷爷、奶奶、妈咪有时候看不到爸爸，他们一定会偷哭。

偷哭就是犯规、就是失败。

他们偷哭，你就要逗他们笑，不然游戏输了以后，他们一定会哭得更厉害了。

好不好，宝贝？你们是同一国的，来比赛看是你们厉害，还是爸爸？

准备好了吗？比赛就要开始了。

十年后，女儿给爸爸的信

爱玩的爸爸，你躲在哪里？

你不是说我吃过十次蛋糕后，就可找到你的吗？

这十年来，我很听爸爸你的话，不敢犯规，害怕游戏输掉再看不见你，我努力地照顾爷爷、奶奶、妈咪，他们哭，我逗他们笑。

爸爸，他们终于笑了！我赢了！游戏结束了，你该回来吧，对吗?

原来…不对的!

我期待爸爸你的回来，再和我玩捉迷藏的时候，妈妈却告诉我，我再也看不到你，原来十年前的我已失去了你这个爱玩的爸爸……

爸爸，你为何忍心骗你最爱的女儿?

十年来，每吃一次蛋糕，我对你的思念愈累积，对我们十年后的再会也就愈期盼。

十年的累积实在令我输得好惨痛!

十年前，若你让我选择的话，我宁愿爸爸不要骗我，你该相信你的女儿吧!

我会坚强，我会更努力逗爷爷、奶奶、妈咪笑。

又或……让你骗我一辈子，和我玩一辈子的捉迷藏，让我赢回一辈子的你……

爸爸，十年后的后知后觉没有减轻失去你的震撼，虽然痛，但我会努力我的人生，不会辜负你的爱，不会辜负你和我玩十年捉迷藏的苦心。

One and Only

Title /我的母亲独一无二

Author /[法]罗曼·加里

1

战斗打响的那一天，我母亲坐着出租汽车走了五个小时，来向我告别并用她的话祝愿我“空中百战百胜”。当时我正在法国南部的沙龙·戴省的空军学院任射击教导员。母亲在一群军人们的好奇的目光下，拄着手杖，叼着香烟，从那个扁鼻子的老式雷诺尔车里走出来。

我慢慢地走向母亲，在这个男子汉的圈子中，母亲的突然造访使我很窘；而在这块天地里，我经过千辛万苦才赢得了勇敢，甚至鲁莽、爱冒险的名声。母亲用一种大得足以使在场的每个人都听得见的嗓音宣布：“你将成为第二个盖纳梅。你的母亲一贯正确！”

我听到了身后传来的哄堂大笑。母亲抓起手杖，对着大笑的人群作了一个威胁的手势，又发出了一个鼓舞人心的预言：“你将会成为一名伟大的英雄，勇敢的将军，法兰西共和国的大使！这群乌合之众不认识你。”

当我用愤怒的耳语告诉她，她正在损坏我在空军士兵中的声誉时，她的嘴唇开始颤抖，目光里流露出了自尊心受了刺伤的样子。“你的老母亲会害你吗！”她说。

这一招算灵了：我好不容易装出的铁石心肠被击破了。我用胳膊搂住她的肩膀，紧紧地抱着她，再也听不见身后的笑声了。在母亲对孩子的喃喃细语中，在她预示着未来的胜利、伟大的功绩、正义和爱开始降临时，我们俩又回到了一种我们自己的神奇的世界中。我满怀信心地抬起头，望着天空——如此空荡，如此宽阔的蓝天啊，足以让我在这里建立丰功伟绩。我想到了当我凯旋母亲身边的那一天。我盼望着那一天，这将给她那十几年的含辛茹苦、自我牺牲的生活带来何等重要的意义，何等大的安慰啊。

2

那年我刚十三岁，和母亲在法国东南部的耐斯城。每天早上我去上学，妈妈一人留在旅馆里。她在那儿租了一个售货柜，柜架子上摆着从附近的几个大商店借来的一些奢侈品和日常用品。她从每一件卖出的围巾、皮带、指甲刀或毛线衫中得到百分之十的佣金。白天，除了在我回家吃午饭时她休息两个小时，其余时间她都守在售货柜前，时刻注意找寻可能光临的顾客。我们母子俩就靠着这个赚钱不多，朝不保夕的小生意过日子。

母亲孤零零地居住在法国，没有丈夫，也没有朋友、亲戚。十多年来，她顽强地不停地干，挣来钱买面包、黄油，付房租，交学费，买衣服和鞋帽等。除此之外，她每天都能拿出点令人吃惊的东西。例如：午饭时，她面带幸福、自豪的微笑，把一盘牛排摆在我的面前，好像这盘肉象征着她战胜厄运的胜利。

她从来不吃这些肉，一再说自己是素食者，不能吃动物脂肪。然而有一天，我离开饭桌到厨房里找点水喝，发现母亲坐在凳子上，煎肉锅放在腿上，正仔细地用小块碎面包擦那煎给我牛排用的油锅。发现我时，她急忙将锅底藏在餐巾底下，可是已经来不及了：现在我明白了她成为素食者的真正原因。

3

母亲渴望我“成为一个某某大人物”。尽管我屡遭失败，她总是相信我会成功的。

“在学校里的情况如何？”她有时问我。

“数学得了零分。”

母亲总是停顿一会儿。

“你的老师不了解你，”她坚决地说，“将来有一天他们会后悔的。你的名字将要用金字刻在他们那个鬼学校的墙上的，这一天会来到的。明天我就去学校，把这些话告诉他们。我还要给他们读读你最近写的几首诗。你将来会成为达农佐尔，成为维克多·雨果。他们根本不了解你！”

母亲干完活儿回来后，常常坐在椅子上，点上烟，两腿交叉着，脸上挂着会意的微笑望着我。然后她的目光越过我的肩膀，望向远方，憧憬着某种神秘而美好的前景，而这个前景她只在她的奇妙世界里才能看到。

“你会成为一名法国大使。”她说，更准确点，她深信不疑地声明。我一点也不明白这句话是什么意思。

“行啊。”我漫不经心地说。

“你还会有小汽车。”

母亲常常空着肚子，在结冰的气温下步行回家。

“但是目前还要忍耐。”她说。

4

我十六岁时，母亲成了耐斯市美尔蒙旅馆兼膳宿公寓的女经理。她每天早上六点起床，喝一杯茶后，拿着手杖，到布筏市场购货。她总是拎一包水果和鲜花回来，然后走进厨房，取出菜谱，会见商人，检查酒窖，算账，照应生意中的每一件细微小事。

从楼上的餐厅到楼下的厨房，她一天至少要上下二十趟。一天，她刚爬完这些可咒的楼梯就瘫在椅子上了，脸色苍白，嘴唇发灰。我们很幸运，马上就找来了医生。医生作出了诊断；她摄取了过多的胰岛素。直到这时我才知道母亲多年来一直对我隐瞒着的疾病——糖尿病。每天早上开始工作之前，她先给自己注射一剂胰岛素。

我完全惊呆了，吓呆了。我永远也忘不了她那苍白的面容，她的头疲劳地歪向一边，她痛苦地用手抓挠胸口。

她期待我成功，而在我实现她的期待之前，她可能就死了，她可能没来得及享受正义和儿子的爱就离开人间，这念头对我来说太荒唐了，荒唐得像是否定了人间最基本的常识。

只有对我的美好前途的憧憬支撑着她活下去。为了给她那荒唐的美梦至少加一点真实的色彩，我只能含羞忍辱，继续与时间竞争。

一九三八年我被征入空军。宣战的那天，母亲乘着雷诺尔车来向我告别。那天她拄着手杖，庄严地检阅了我们的空军武器装备。“所有飞机都有露天的飞机座舱，”母亲注意到，“记住，你的嗓子很娇气。”

我忍不住告诉她，如果卢浮瓦佛飞机只使我嗓子痛的话，我该庆幸我的好运气。她笑了，高傲地、几乎嘲讽地望了我一眼。“灾祸不会降临在你的头上的。”她完全平静地告诉我。

她显出了信心十足的样子，似乎早就知道了这些，好像她已经和命运女神签订好了合同，好像为了补偿她那历尽辛苦的生活，她已经得到了一定的保证，一定的承诺。

“是的，不会降在我头上的，妈妈。我答应您不会的。”

她犹豫了一下，脸上显出内心在进行着斗争。最后，她做出了点让步说：“大概，你腿上会负点轻伤的。”

5

德国进攻的前几个星期，我接到封电报说："母病重！速返！"第二天，很早我就到达了耐斯市，找到了圣·安东尼门诊所。母亲的头深深地陷在枕头里，消瘦深陷的脸颊上带着一丝痛苦、忧虑的表情。床头柜上架着一个一九三二年我赢得耐斯市乒乓球冠军时得的银质奖章。

"你身边需要一个女人。"她说。

"所有的男人都需要。"

"是的，"她说，"但是，对你来说，没有女人照料，你会比别人生活得更糟糕。唉，这都是我的过错。"

我们一起玩牌的时候，她不时地目光专注地盯着我，脸上还带着一丝狡黠的样子。我知道她又要编造点新花样了。但是，我不去猜她心里想着什么。我确信一个小花样正在她的脑子里酝酿。

我的假期要结束了。我真不知道如何描绘我们分别时的情景。我们俩都没讲话，但是我装出一副笑脸，不再哭泣了，或说些别的话。

"好啦，再见吧。"我微笑着亲吻了母亲。只有她才清楚，我作了多大努力才作出了这个微笑。因为，和我一样，她也在微笑。

“不要为我担心，我已经是一匹老战马了，一直支撑着活到今天，还能再继续一段时间。摘下你的帽子。”

我摘下了帽子，她用手指在我的前额上画了一个十字。说：“我给了你我对你的祝福。”我走向门口，又转过身来。我们互相望了许久，都在微笑，都没说话。我觉得很平静。她的勇气传给了我，并且从那时起一直留在我身上，甚至到现在。

6

巴黎失陷后，我被派到英国皇家空军。刚到英国就接到了母亲的信。这些信是由在瑞士的一个朋友秘密地转到伦敦，送到我手中的，封皮上写着：“由戴高乐将军转交”。

直到胜利前夕，这些无日期的信好像无休无止一直跟随着转战各国，源源不断地送到我手里。三年多来，母亲说话的气息通过信纸传到我的身上，我被一种比我自身强得多的意志控制着，支撑着——这是一根空间生命线，她用一颗比我自己更勇敢的心灵把她的勇气输入我的血液。

“我光荣，可爱的儿子，”母亲这样写道，“我们怀着无比爱慕和感激的心情，在报纸上读到了你的英雄事迹。在科隆、汉堡、不来梅的上空，你展开的双翅将使敌人丧魂落魄。”

我一下子就猜到她心里在想什么——每当英国皇家空军袭击一个目标的时候，我一定在参战。她能从每一次的炮火轰鸣中听出我的声音。每次交战我都被派去，因为我的出现会使敌人心惊胆战，不战自溃。每次英国战斗机打下一架德国飞机，她都很自然地把这份功劳归于我。布筏市场周围的小巷中传颂着我的功绩。毕竟她了解我，知道我得过一九三二年耐斯市乒乓球冠军。

她的来信越来越简短了，尽是用铅笔匆忙写出的。有时，一次来四五封信。她说她的身体很好，还在定时打胰岛素。

“我的光荣的儿子，我为你感到自豪……法兰西万岁！”信中从未流露出丝毫忧虑不安的痕迹，但是最近的几封信流露出一种新的悲伤的调子，“亲爱的孩子，我请求你不要过多地挂念我，不要为我而变得胆怯。要勇敢。记住，你不再需要我了，你现在是一个堂堂的男子汉了，你能够独立生活了。早点结婚。不要过多地怀念我。我身体很好，老罗沙夫医生对我很满意。他让我向你问好。要坚强。我请求你，勇敢点。你的母亲。”

我的心情很沉重，感到有点不对劲，可是信中没有说出了什么事。管他呢。我真正关心的只有一件事：她还活在世上，我还能见到她。我要与时间竞争，早日把荣誉带到她的身边，这个愿望在我心中一天比一天更强烈了。

同盟军在欧洲大陆登陆时，我从家乡寄来的信中感到一种快乐安宁的情绪，似乎母亲已经知道胜利即将来临。信中流露出一种特别的温情，还时常夹杂了一些我不能理解的歉意。

“我亲爱的儿子，我们已经分离了这么多年了，我希望你已经习惯了身边没有我这个老母亲了。话说回来，我毕竟不能永远活在世上。记住，我对你从未有过丝毫的怀疑。我希望你回家明白这一切之后，能原谅我。我不得不这样做。”

她做了什么事需要我的宽恕？我绞尽脑汁也想不出来。

7

巴黎快解放了，我准备坐飞机在法国南部跳伞，去执行一项与秘密抵抗组织联络的任务。我一路匆匆忙忙，急躁得浑身热血沸腾。除了想早点回到母亲身边，其他我什么都不想了。

现在我要回家了，胸前佩着醒目的绿黑两色的解放十字绶带，上面挂着战争十字勋章和五六枚我终生难忘的勋章，我的黑色战服的肩上还佩戴着军官肩章，帽子斜向一边戴着。由于我面部麻痹，脸上露出一种异常的刚毅。我写了一部小说，挎包里装着法文和英文版本。

这时候，我深深陶醉在希望、青春和确信中。

对我来说，再往下继续我的回忆是异常痛苦的。因此，我要尽快结束它。到达旅馆时，我发现没有一个人问候我，跟我打招呼。我询问的那些人说他们隐隐约约记得几年前有一个古怪的俄国老太太管理这个旅馆。但是他们从来没有见到过她。原来，我母亲在三年零六个月前就已经离开了人间了。但是她知道我需要她，需要她给我勇气，因此在她死前的几天中，她写了近二百五十封信，把这些信交给她在瑞士的朋友，请这个朋友定时寄给我。当我们在圣·安东尼门诊所最后一次见面时，我看到她眼中闪着天真狡黠的目光。毫无疑问，这些信就是她当时算计的新花样。

就这样，在母亲死后的三年半的时间里，我一直从她身上汲取着力量和勇气——这些使我能够继续战斗到胜利那一天所需要的力量和勇气。

罗曼·加里，法国作家。第一位也是唯一一位两次获得法国龚古尔文学奖的作家。曾任法国驻美洛杉矶总领事。

It is the tears of the earth that
keep here smiles in bloom.

Light in Deep Blue

Title /马里亚纳海沟的爱情灯

Author /佚名

从她小的时候，就一直羡慕父母之间的爱情，父亲是那个城市里赫赫有名的画家，开过无数次画展，对母亲的关爱更是无微不至。她时常觉得，母亲应该是世界上最幸福的女人，能够得到像父亲那样优秀的男人那样无私的爱。

她经常看到父母在一起作画，他们从幼年的时候就是一个老师带出来的。他们作画的时候有一个习惯，那就是先由父亲用淡色的画笔在画布上描出细致的轮廓作上色彩，再由母亲根据轮廓涂上色彩。最后成就的一幅画，就如同两个人爱情的结晶一般，有鲜活而灵动的生命力。

当她慢慢地长大，也谈了恋爱，然后步入婚姻的时候，她发现丈夫和自己的生活并不像她从小到大希望的那样。他们之间没有共同的爱好，业余时间常是各行其是，她觉得生活就像是一辆载满平淡空虚的列车，来回反复，曾经的爱，就像遗失在了某个漆黑隧道里的烟头，只兀自闪亮过几秒，随后便不知所终。

结婚两年的时候，丈夫在工作上遇到了瓶颈。她面对失意的丈夫，不但没有好言相劝，反倒觉得自己和母亲比起来，一直都是一个太不幸的女人。不仅没有找到一个兴趣相投的伴侣，还要面对丈夫的无能。

她是在和丈夫的一次争吵后回到父母家的，那时她的母亲已经去世一年多。她把自己对生活和丈夫的不满都告诉了父亲，她委屈地问父亲，为什么自己永远都拥有不了像父母那样美满的爱情?

年迈的父亲并没有立即回答她的问题，他只是展开一张画布，开始在她面前作画。她对父亲的行为感到十分吃惊，因为自从母亲过世之后，父亲就没再画过一幅画。

十分钟后，父亲把那幅画拿给她看。那是一幅仅有一种颜色的画，所有的色彩都是沉静的蓝，深深浅浅地染满了一张画布，画布的中央，是一条畅游在深海里的鱼，在它的头上，长着一只小小的灯，发出幽蓝的淡淡光芒。

面对她的不解，父亲告诉她，其实一直以来，他都只能用一种颜色作画。

原来在父亲年幼的时候，就被检查出患了严重的色盲症，在他的眼睛里，世界永远都只有一种色彩。从小和父亲一起学画的母亲为了不让父亲放弃绘画，于是每次都帮父亲在完成的单色画稿上着上色彩，也正是因为那些丰富了色彩的精美画卷，才让父亲在城市里享有了盛誉。

所以一直以来，真正最幸福的那个人，并不是你母亲，而是我，一个得到了你母亲那样无私的爱的男人。父亲对她说。

父亲把那幅画送给了她，并让她回到了丈夫的身边。

从那以后，每当看到家里客厅中悬挂的那幅画，她便想起父亲告诉过她的那个关于深海里的鱼的故事。

在世界上最深的马里亚纳海沟深处，海水又深又冷，几乎没有生物存活下去的条件与可能。可就在这样的深海里，却有一种叫“安康”的鱼快乐地活着，生儿育女，一代一代地繁殖。虽然越长大的安康鱼越盲，看不到前面的路，但只要有爱情在它们身上发生，它们就会长出一盏照亮前路的灯，从而安然地在深海里畅游。

她终于明白，原来，爱情就是为所爱的人，在黑暗中亮起那一盏小小的明灯。

Tears

Title /喊一声妈妈，我泪流满面

Author /佚名

一、我是她的男人和情人的私生女

我8岁那年，被我的妈妈扔在她家门口。这个生了我的女人说，你若跟着我，只有死路一条。你爸爸死了，我连自己都养活不了。

那天，风很大，雨也很大，我妈紫色的衣裙在拐角消失的时候，我已经连泪都流不出来了。我在雨里大喊着追她，跑了好几条马路，筋疲力尽的时候，我便站在马路中央，期望着有哪辆车把我撞倒，让我离开这个世界……

傍晚的时候，我还是坐在了这个叫李春花的女人家门口，她回家的时候，看到一个冷得发抖的孩子，一个装着几件衣服的箱子。她紧捏着我的胳膊，脸阴沉许久，一言不发地把我带进屋。

给我换了干净的衣服，她问我，你妈还要你吗？这话将我隐藏的泪全部引出来了，我点头又摇头，咬着唇，泪流了一脸。她有些不知所措，过后，把我拥在怀里，许久没说话。

我仰头的时候，看到她眼角的潮湿，她拿着吹风机帮我吹头发，她的手指柔软，怀抱里有浅浅的薄荷香。她说，你看你的头发，和他一样，又直又硬。她忽然丢了吹风机，“呜呜”地哭了。她说，小暖，从今往后，有大妈的一口饭吃，就有你的一口。

我觉得这世界怪得很，她的男人在一个夜晚，为了给他的情人去买一份糖炒栗子，过马路的时候被车撞死，而我，她的男人和情人的私生子，竟然来投奔她，并被她接受。

二、我怎么可以亵渎她的善良？

我才知道，原来世界上还有这样的爱情，我相信再没有一个人会比她更爱我爸爸。她常常会抚着我的头发，吃饭的时候，也会盯着我的眉眼走神。她说，你怎么这样像他呢？

她给我转了学，领着我去报到的时候，她说，有什么不开心的，你就告诉大妈。

8岁的心，已经为她的话语无比惶恐，只不过半天的时间，我便跑回来找她。她在上班，机器“轰隆隆”地响，她跑出来着急地问我怎么了。我只顾着哭，不知道该说什么……是的，我不知道该如何张口告诉她，班里的孩子都鄙视我，我的同桌，那个扎着花蝴蝶结的小女生，撇着嘴巴骂我无耻。她说，你一个私生女，还厚颜无耻地来找人家养你。

我咬着唇，反驳不出一句话，她说的句句都是真的。

她问了半天，看我除了哭没有任何的回答，不禁有些上火，借了自行车到学校去找我的班主任。晚上回来的时候，她说，这边房子价格涨得很好，我想把它卖掉或者租出去……我扒着碗里的饭没作任何回应，白日里那个孩子的话一遍遍在我脑子里回想，扎得我的心生疼。

夜里，我收拾好自己的东西，她的房门半敞着，我看到她辗转着在床上没有睡着。我蹑手蹑脚地开门走出去的时候，听到她很警惕地起了床。

坐在小区的椅子上，夜这么黑，世界这么大，我已经不知道应该去哪儿。

我听到她一声声喊我的名字，看到她着急地从小区里跑出去。我躲在黑暗里，张张嘴却说不出一句话。只不过一个星期，我已经知道她的善良，她给我买了漂亮的床，很多的衣服和发夹；她每天都要从存折上取钱出来，为我“哗啦啦”地花出去；她还无比细心，才不过七天，我吃饭的喜好便被她摸得一清二楚，做饭不再放姜，西红柿记得剥皮……

她的好，让我惶恐，我以为她对我应该是恨呢，因为我的出现，眉眼里全摆明了她男人的背叛。我怎么可以留在她的身边，亵渎她的善良？

天快亮的时候，她在我母亲的小区门口等到了我。她说，你母亲说你没回来过，我知道你会来。

她只穿着一个外套，里面是单薄的睡衣，这个女人，在冷冷的石板上坐了五个小时，而我的母亲却在她离开后始终没有出来问过。

她说，大妈对你不够好，是吗？我摇头，说，是我配不上你的好。她摸摸我的头发，小暖，我们搬家。

只不过两天的时间，我们就从城西搬到了城东，我知道她的意思，因为这里没人再知道我的一切，没人会笑话我。城东的房价普遍要高，我们的房子租给了别人，每月还要再拿出一部分来租我们现在的房子。她给我找了学校，并和班主任谈了很久，送我到教室门口的时候，她竟然蹲下来亲了亲我的额头。那天的阳光那样好，她的身上像是披了金色的彩霞。

三、她那简单却复杂的爱情

我没想到会惹她生那么大的气，15岁的那年夏天，巷子里的一个李姓男人送了我一串珍珠项链，光泽晶莹而诱人。他带我去他家，给我削水果，倒饮料。

我们刚坐下几分钟，她便砸响了房门。原来她下班早，邻居家的阿姨告诉她看到我进了那个男人的家，她便发疯一样追进来，冲着我大声吼，拉了我就走。我嘟囔着，她却急了，回手给我一巴掌。

打完之后，我们都愣了。她伸出手，想拉我，却又空空地收回去，转身回家。

第二天，她拿了很多钱，带我坐长途车，到了省城的一家西餐厅。看了半天菜单，点了芝士披萨、烤土豆、黑菌鹅肝牛排，还点了香浓的百利甜酒，一杯就30元。每个都是小小的一份，她自己却不吃，她说，先前怪大妈了，女孩子是要富养的，什么样的世面都见过了，在诱惑面前才不会迷失。那个男人劣迹斑斑，你怎么可以要他的东西?

这个女人，花了几百块钱带我吃这一餐饭，想让我明白一个道理。我真的懂了，却不是因为这一餐饭，而是因为她满眼的焦急。我说，妈，我知道了。我叫得有些含混，她依然听清了，她突然哭了。

回来的路上，她絮絮叨叨地跟我说了很多。她说，她始终不能有自己的孩子，所以，她理解他，恨过，爱过，最终选择了原谅。

我纠正她，不是爱过，是爱着。

彼时，我15岁，已经明白了她的爱情，并为此震撼。家里依然有他的东西，他的衬衣领带都整齐地摆在衣橱里，他的父母她依然每隔几个周末会去看望，他的女儿她在养着……如果不是爱情，谁可以做到这些？

四、她期望我过上的生活

我18岁的时候，我的母亲回来找我，我的生母。

她在我的学校门口，让我跟她走。她说，我现在一切都稳定了，你继父答应给你办出国手续，你大妈在给你收拾东西。她的嘴一张一合，似乎这是再应该不过的事情。她说，那时候，我真的很难，什么都不能给你。

我摇着头，此时，心里想的全是她，李春花，这些年，她也真的很难，但是，她竭尽所能地给了没有任何血缘的我。

母亲说，我已经给她说了，她同意了我带你走。我的心轰然而响，怎么可以？她真的如此舍得我？

我一口气跑回家的时候，她在我屋里，坐在我的床上，摸着我的枕头，只这一个动作，便让我的心疼了再疼。她说，你妈给了我好多钱，你看。

那叠钱醒目地放在桌子上，她拿着它们，挤出笑容。她说，你走吧，要不然，这些钱你妈要收回去的，我现在退休了，这些钱对我有用。

我离开的时候，在门口给她行了大礼，跪在地上，磕了头。她低着头，直到我离开都没有抬起来，我看到她的脚面上有东西“滴滴答答”地砸下来，湿了一大片。

我没出国，只是去了离她几百里的城市。很快，我便收到她的汇款单，那些钱，她一分不差地给了我，附言上，她说，谢谢你陪我这些年。我是哭着去邮局的，坐在邮局的台阶上，抱着那些钱不停地哭。妈妈，我何尝不知道她说那些话是为了让我离开，而我哪能不懂她……正因为懂她，我才乖乖离开，过她期望我过上的生活。

五、妈妈，生日快乐！

我每日坐地铁去上班，这个城市的人很多，立交桥复杂得很，常常让我迷失了方向。每次，我都会想起她牵着我一路走的温暖。

我终于留在了这座城市，买了小小的房子。生母跟她的男人去了国外，她说，你不去，我也做不了你的主，反正对你也是仁至义尽了。

可是，我对她，那个养了我十年的女人仁至义尽了吗？

我们像是有心灵感应，我买了车票回去看她的路上，接到了她的短信。她说，小暖，我很想你……我最近身体特别不好，不知道为什么晕过去两次，这种时候，你知道我是多么多么想你啊！

她从来没用过这样的语气同我说话，她用了很多的感叹号，让我的心全部揪起来。我退了火车票，改乘最快的一班飞机，其实再赶到机场，辗转着只能快半小时而已……我发现我怎么有那么多的泪水，从安检到候机室，从起飞到降落，我不停地流泪。

邻座的孩子悄悄地问妈妈，这个阿姨为什么一直在哭啊？他妈妈说，因为她想妈妈了吧。我咧开嘴对她笑了一下，我真的是想妈妈了！

回家后，她正躺在我的床上，手里翻着我小时候的影集，看到我，竟然是满脸的愧疚，她说，啊，你真的回来了？你看，我怎么这么麻烦呢？

夜里，我躺在她的怀里，一直想告诉她，你知道我为什么要去北京吗？其实，只是因为她一直向往那个城市。她说，爸爸曾经带她去过一次，她说，那是她最美的一段时光，于是，便喜欢上了那个城市。她说，只要想起那个城市，便会觉得温暖。

我把这话牢牢记住了，我想让她跟着我去那个城市，我想给她我父亲欠她的一切，我想让她一直温暖幸福……

今天是她的六十大寿，写下这篇文章，送给她，我最爱的妈妈！

The world puts off its mask of vastness to its lover.
It becomes small as one song, as one kiss of the eternal.

Romance

Title /故纸堆里的爱情传奇

Author /F.Scott Fitzgerald

枫树大道上一块修葺整洁的草地中间稳稳竖着的标牌吸引了我的目光，上面用哥特字体书写着“车库大贱卖”。大多数人都只用纸板或是指向卖场的箭头来作车库甩卖的标示。当我意识到这是枫树大道那家旧式房子做的标牌时就更兴奋了，那栋房子高大稳固，它的典雅和风格正彰显了世纪之交涌入长岛的新贵们的品位，在史密司镇这房子也算是一道风景了。维多利亚时代早已结束，但建筑者们仍试图赋予这栋住宅以维多利亚时期房屋的质地和韵味。房子现在的主人是位退休的中学校长，他把房子推出售卖。

走进卖场后我先快速扫了一遍，然后才开始仔细斟酌。作为一个有收集癖好的老手和藏书人，我能嗅触到具有售卖价值的物品。这次我径直走到一个小小的雕花木书架前，在上面堆满了积攒着灰尘的旧书，一共20本，全都出版于1900年到1930年之间。最后我以10美元这难以置信的价格买下了书架和书架上所有的旧书。

我把旧书中的一本破旧的《德国圣经》，一本卷曲污损的推理小说和一本《教你学格雷格速记》捐给了史密司镇图书馆。剩下的书我就留着当天晚上在自己平淡的蜗居里慢慢赏读。其中有一本《贝蒂·克罗克烹饪书》，一本奥特朋协会的有关东北地区常见鸟类的手稿，还有几本学校图书馆藏书。

我在那天的贱卖场还买了其他东西，包括一个盘底像脚爪的银暖锅，一些有画家署名的油画。但我最实在的发现还是这些旧书。如果偶尔幸运的话，我还能在旧书中发现一些涂鸦的注释和留言，从中得以窥见旧书原主人的蛛丝马迹。从旧书中的一些手写字体中，我几乎可以猜得出主人的性情。粗犷豪放的字体往往显示了主人外向冲动的个性，整洁细小的字迹则勾勒出一个干净严谨的形象。在许多积满灰尘的地下室和车库甩卖中我还能发现作家成名前很有价值的手稿和故事。那天晚上，我信手翻阅着学校图书馆的旧书，发现一本书名为《现代罗曼史》的页面边上布满了手写的字迹。

第22页，

“亲爱的：

今天午饭的时候我很想你，我父亲说我们不能再见面了，可他不能阻止我。”

匀称的字迹整洁流畅，“我很想念”几个字还圈出了一颗心。再翻几页，我发现每页上都有留言。

第50页，

“安：

昨天我在小店看到你了，你和你妈妈在一起。你站在收银处背对着我，我很想跟你打招呼，但不肯定是否妥当。我不希望我们的友谊使你和你家里人产生矛盾。放学后我在海滩附近的崖边等你。今天你去拿书，明天再带回图书馆。我爱你。

布赖恩”

他的字迹粗大奔放。我肯定没能从书中解读费·斯科特·菲茨杰拉尔德和塞尔达之间的秘密情史，但这本书却仍然让我着迷。

整本书都有留言，他们在图书馆来回地传递此书，难怪这本书没被还回图书馆了。我感觉自己像在读一本日记，他们是谁？这对20世纪20年代不幸的情侣后来结婚了吗？布赖恩到底有什么让人诟病之处？这本书似乎不像是《现代罗曼史》，而更像《罗密欧和朱丽叶》。

第101页，

“布赖恩：

我发现了一个见面的地方，湖边的汤普森小屋。去年四月汤普森先生的儿子移居到加州后，小屋就空置无人了。放学后我要去小店，我们3：15在那里见吧，我爱你。”

有时候我得把书倒转过来才能看见完整的留言，布赖恩字迹太大，书边空白只能写几个字，有时候他只能写上“小屋”和时间地点。他们二人一定经常在汤普森家那间几年前毁于火灾的老屋里见面。布赖恩的留言很简洁，但结尾都是一样：我爱你。

我已经对书本身的故事失去了兴趣，却一直很有兴致地读上面的留言。这本书很厚，他们二人的全部爱情经历都在里面。

第114页，

“布赖恩：

我问父亲可否能让你来家坐坐，希望他能对你有所了解，他却说‘有其父必有其子’。为什么父母们总觉得他们洞悉世事。你父亲有问题，但跟你没关系。别担心，布赖恩，无论他们说什么做什么，都不能阻止我对你的爱。

安”

第202页，

“安：

我不得不退学了。父亲在监狱，我母亲负担不起生活，我得去工作。放学后见面也不太可能了，我得全职工作。”

到这里还有大概20页就结束了，从这个留言的语气看来，似乎这段感情离结束也为期不远了。

“布赖恩，布赖恩，布赖恩：

我在梦里一遍遍呼唤你的名字。已经两个多星期没见过你了，我实在受不了了，没有你的日子生又何堪。你再也见不到我写的这些留言了。我魂牵梦萦地想你。”

在210页和211页之间压着一封布赖恩大笔书写的信，信的背后有印上去的红色唇印和一些心型表示安爱布赖恩，时间是1932年9月。

“亲爱的安：

夏天过得飞快，你也要准备开始最后一年的学习了。我一直在布里斯托尔的海军造船厂工作，学习修理他们在船上使用的大引擎。我喜欢这工作，老板也说我干得不错。我想念你，希望有一天你父亲能明白我是个工作勤奋的好人。安，这一年对你意义重大，我不想搅乱了你的毕业典礼、毕业舞会和派对。如果你父亲仍然不允许我们见面，我希望你可以在高中做自己愿意做的任何事情。安，现在这种时候，请原谅我，也许我们有一天还能在一起，我仍将一如既往地爱你。

布赖恩”

看到这里，我不禁想，可怜的孩子，这个世界怎么这样。我怀疑我们是否已经真的有了许多改变。书中的留言没有了，当我翻开一些粘在一起的页面时，发现一张发黄的剪报，日期是1933年11月。

内容如下：

布里斯托尔的海军造船厂发生一起不幸事故，本地男孩

布赖恩·卡明斯正在工作时，引擎忽然发生爆炸。布赖恩证实死亡。

文章提到他身后留下了母亲和三个姐妹，却没有提到安。布赖恩在史密司镇中学的老师也在文中赞扬了他的友善和对家庭的爱护。

真不敢相信这是真的。这次车库贱卖在我面前展现了两个年轻人的希望和幸福，却忽然以如此的惊愕和不幸画上了句号。

我暗自思量，后来安怎么样了呢？她嫁作他人妇了吗？布赖恩是否早已成了她的无痕旧梦？

书的背后是图书馆用来放借出卡的小信封，上面盖着“史密司镇校区财产，如有拾获，请交至办公室”的印章。借出卡上那同样整洁流畅的字迹我已经很熟悉了，

上面的名字是安·马圭尔。

猛然间这个名字令我呼吸急促，安·马圭尔，那是我母亲的闺名。

Stray birds of summer come to my window to sing and fly away. And yellow leaves of autumn, which have no songs, flutter and fall there with a sign.

Music Box

Title /穿过风雪的音乐盒

Author /佚名

那一年，他去西藏八宿的一个小乡支教，支教两年后，他就可以顺利地回城获得一份不错的工作。

初入校门的那一天，孩子们在学校的操场上排成两排，向他敬礼。那天白雪飘飘，那一双双举过头顶的手没有一双戴着手套，他们的手套就挂在脖子上。

他留了下来，教他们语文、数学、自然、生物，教他们认识山外的山，山外的城。

孩子们来自于不同的村落，近的就住在乡里，最远的孩子甚至要翻过一座海拔3000米的雪山。他很熟悉那个住在最远地方的孩子，孩子的名字叫也措，黑黑的小脸，漫着两坨高原红。据说，他是这个学校最穷的学生，学费一直都欠着。他们家里只有一匹马，是整个家唯一的生活来源，为他们负着生活的重担，春天来的时候，偶尔还能接上几个观光客。

也措平日里非常沉默，但是眼神却很特别，有点怯怯的忧郁，忧郁中透着惶恐，惶恐中又露着一丝坚定。在这个偏僻的小乡里，他见到的眼神是整齐的，老人孩子都一样，单一而纯净，唯独这个孩子，眼中似乎有很多的内容。

雪大的时候，全世界只剩下了白，无法再找到道路。家远的孩子只能留下来，住在老师的宿舍里。那天，他的宿舍也留下了几个孩子。

那个晚上，孩子们在他的允许下翻看他的东西，并抱着他的吉他乱弹。只有也措，那个忧郁的小也措，在翻看他的一个小小的音乐盒，那是他的初恋女友大一时送给他的生日礼物，虽然毕业前他们已经分手，但他还是一直保存着这只好看的音乐盒，它亦是他反复拾取的快乐。他来了之后的那些日子，总是不停地打开它，听那首熟悉的《致爱丽丝》的曲子，听到泪眼模糊。直到有一天，发条崩坏了。

此刻的也措正抚摸着那个音乐盒，眼神，是他熟悉的淡淡的忧郁。

他走过去，问也措：“你知道它叫什么吗？”

“不。”也措的话总是那么少。

“它叫音乐盒，一翻开盖就会唱歌。”

“是谁送给你的？”也措居然问了一个令他措手不及的问题。

“是妈妈在我生日的时候送给我的。但是现在坏了，要不就可以让你听一听了。”对着孩子，他还是撒了谎。

也措看了他一眼，就低着头不说话了。

那一夜的雪很大，他能听到学校后山的树木折断的声音。等他第二天醒来的时候，看到门前的花圃被雪盖住了，操场的树，枝干被雪压断了许多，远方除了雪还是雪，除了白还是白。不知道为什么，他的眼泪一下子就下来了。

那一次，也措在他的宿舍里住了整整三天，可是从第二天晚上开始，也措便开始想家了，听到半夜风雪沙沙的声音就哭了，他不由把他搂在怀里问：“想妈妈了是吗？”

“我要见阿妈。”也措一开口，泪水又掉了一串。

他鼓励孩子，“也措，老师的妈妈在很远的地方，老师一年只能见一次妈妈，老师也很想妈妈，但是老师都不哭，不哭了好吗？”

也措看着他，停止了哭泣。

第三天黄昏，也措的母亲骑着马来到了他的宿舍门口，接走了也措。

那一年的冬天，雪一直很大，过年的时候，雪已经封了路，他很想家，却没有能够回去。

终于到了第二年春天，雪少了，阳光有了暖意，他听说不远的镇子开始有了稀少的游客。路，看来是通了，但是他却没有时间回家了，因为孩子们已经开学了。

也措也来了，换了一个小孩一样，眼神，不再是淡淡的忧郁，而是似乎有种说不出的欢快，看着他，总忍不住想笑。依旧不爱说话，总是偷偷地看他。

然后就到了他的生日，没有人为他庆祝，他孤单地为自己点燃了蜡烛。可是三天后，他却意外地收到了一个邮包，邮包是从北京寄来的，拆开来，竟然是一个音乐盒，比他那一个还要漂亮。音乐盒里放了一封信，他看着，心就像春天的雪一般簌簌融化了……

是北京的一个陌生人寄来的，那人在信中说，他在前一个月来了一次八宿，碰到了一个叫也措的小孩，小孩牵着家里的马送他进山，却没有收他一分钱，只要求他回去之后，在四月初给他的老师寄一个音乐盒当作生日礼物，因为，老师的妈妈送给老师的音乐盒坏了，老师已经很久没有见妈妈了……

原本，他只需在那里支教两年的，但是他却整整待了六年才回去，走的时候，他把那个珍贵的、曾经穿越风雪来陪伴他的音乐盒送给了也措——他已经是个大孩子了，一个善良勇敢的大孩子。

Say,what can I do for thee,weary hee,griere thee?Lean on thee shoulder, new burdens to add? Weep my tears over thee,making thee sad?Oh!Hold me not, love me not,love me not!Let me retrieve thee, I love thee so.Dear, that I only can leave thee.

Sun and Moon

Title /菊花青马萨仁

Author /佚名

一匹小马驹降生在锡林郭勒草原上冬末初春的暴风雪之夜，它还没有睁开眼睛就失去了母亲。主人娜仁额吉（太阳妈妈）用毛毯包着它在火炉边烤干了身上的胎液，梳理了它身上的茸毛，又挤了别的母马的奶，装在奶瓶里给它喂了第一口奶。小马驹睁眼第一个看到的就是老额吉那慈祥的脸庞和充满鼓励、期待的眼神。老额吉给这个漂亮的菊花青小马驹起名叫萨仁（月亮）。

也是在这一夜，老额吉的孙女呱呱坠地，全家人忙得不亦乐乎。小姑娘生得白白净净，健康可爱，她的降生似乎像光明驱散了阴霾，暴风雪停了，草原上霞光艳丽。因此，大家给小姑娘起名叫图娅（光辉）。

小马驹在老额吉的精心喂养下健康地长大。小姑娘也在爸爸、妈妈和奶奶的百般呵护下，在与小马驹形影不离的玩耍中快乐地成长。小马驹五岁时身材长得修长而高大，双耳如批竹，双眸似皎月，马头犹如精雕细刻般轻捷而秀丽，脖颈像强弓一样粗壮而有力，浑身上下漂亮的青色菊花裹着强健的筋骨和肌肉。草原上的牧人们都说“这真是一匹难得的千里马！”

每当老额吉亲切地叫一声“萨仁敏纳（我的月亮）”或者图娅姑娘快乐地喊一声“萨仁，奈西伊热（月亮，快过来！）”的时候，菊花青就“啾啾”地长嘶一声，像箭一般地飞跑过来。为了让老额吉或者图娅姑娘能骑上马背，菊花青总是前腿跪地，后腿弯曲，待她们骑上马背坐稳后才站起来飞跑开去。菊花青虽然对老额吉和图娅姑娘那么温顺而驯良，但是对生人却剽悍刚烈而不受驾驭。曾经有一个远近闻名叫巴特尔（英雄）的驯马能手慕名前来一试身手，结果连续五次被菊花青尥蹶子掀翻在地，摔伤了腰，哼哼呀呀地在蒙古包里躺了三天。

菊花青六岁那年开始，就在同样是六岁的图娅姑娘的驾驭下，参加草原上“那达幕”盛会中的长距离速度奔跑比赛，连续三年拔得头筹，披红戴绿，上台领奖，好不惬意！方圆百里的草原上，一提起“太阳妈妈的菊花青”及其身世和故事，真是无人不知，无人不晓。

菊花青十二岁那年初冬的一个阳光和丽的早晨，图娅姑娘赶上羊群去井边饮水。草原上的天气说变就变，一时间狂风四起，令人毛骨悚然的草原“白毛风”（暴风雪）刮起来了！天色瞬间如同黑夜一般，五步之外看不见任何东西。羊群惊恐地随风乱跑，图娅姑娘奋力想将它们赶回羊圈，但是比起老天爷暴风雪的威力她显得太弱小了。她只能一步不离地跟随着羊群，吃力地挥舞着细细的皮鞭尽量将羊群拢在一起，防止它们跑散，方向是什么？家在哪里？她已经完全无法判别了。

爸爸、妈妈和奶奶急作一团，招集牧人们分头去找。老额吉的菊花青浑身蒸蒸汗气跑在最前面，一直到第二天的早上，暴风雪渐渐平息，已经搜索了方圆一百多里还不见图娅姑娘的影子。“图娅！你在哪里？都一天一夜了啊……”

正当人们茫然不知所措时，菊花青忽然竖起竹批似的双耳，鼻孔睁圆，“啾啾”地长嘶一声，驮着老额吉向前方跑去，在一个低凹的积雪坑边骤然停住，嘴尖抵住地面，前蹄狠命地刨地。人们如梦初醒，拼命挖雪。果然，奄奄一息的图娅姑娘嘴里还在微弱地呼唤着“萨仁，奈西伊热……”

不远处，筋疲力尽的一群羊静卧着，一只都没有少。从此，“神驹菊花青”的美誉传遍草原。

菊花青十八岁时已经是一匹很老的马了。那年，图娅姑娘要远嫁他乡。菊花青默默地站在送亲队伍的旁边，双眸湿润，眼神中充满着留恋和无奈。图娅姑娘来到这个与她同时出生、一起长大又给过自己第二次生命的伙伴面前，流着热泪抚摸着它的鼻梁和脖子，久久不忍离去。最后，她摘下自己的耳环，精心地编在了菊花青额头鬃毛编成的辫子里。

又过了两年，娜仁老额吉走到了自己生命的尽头，永远地离开了草原。菊花青在老额吉的灵床前低低地嘶鸣着，前腿跪地，后腿弯曲，不停地用嘴衔住老额吉的衣角揪扯，许久许久。在场的人们无一不泪流满面。

此后，菊花青再也没离开埋葬娜仁老额吉的地方。牧人们经常送去一些新鲜的草料给它，那个被它摔伤过的驯马能手巴特尔也经常远道而来，将它牵到小河边，替老额吉和图娅姑娘给它洗澡、刷身子。

很久很久，牧人们总能听到远远地传来菊花青那悲哀的长嘶和前蹄咚咚刨地的声音。

Dressed in Red

Title /让你看见我还在

Author /佚名

小镇丁字路口上有一个修鞋的摊位，修鞋人四十多岁。生活的艰辛，让他过早地步入老态。我去修鞋，他示意我坐在小马扎上。他很用力地用锥子扎着鞋底，穿针引线，十分熟练。一不小心，针扎到手指头上，在那一瞬间，他有些紧张，抬起头来向对面张望。

我以为他手破了，需要包扎，赶紧递过去一块干净的面巾纸，却被他生硬地拒绝了。他把身子偏向一侧，显然是我阻挡了他的视线，我往一旁挪了挪，顺着他的目光，看到对面一个穿红衣服的女人。女人笑笑，摆了摆手。他也笑了，然后埋下头继续干活。

后来才知道，对面那个穿红衣服的女人是他的妻子。男人曾经替老板开大货车，从山西运煤。她一个人照看着家里的几亩地，照看着孩子和老人。男人的工资，供全家人生活，在村子里算不得富裕，但还过得去。

可是，男人出了车祸。送医院抢救的第三天，男人还没有醒过来。医生说，他头部受到强烈的震荡，时间长了，十有八九会变成植物人。医生希望她配合治疗，在较短时间内把他唤醒。她守在他身边，一遍一遍唤他的名字，给他讲述两个人过去的点点滴滴。

男人终于从昏迷中醒过来，并慢慢恢复。男人本就不爱说话，现在变得更加沉默。她发现男人有时候更像一个孩子，一看不见她，情绪就出现波动。她下地干活，留男人一个人在家，等她回来时，暖水瓶、玻璃杯全摔在地上。后来，她下地带着他，串亲戚也带着他，他成了她的影子。男人再也不能开车，可日子还要过下去。于是，女人想办法在镇上摆了个修鞋的摊子。女人为了陪他，就在男人对面摆了这个日用杂货摊。

他看见她在，烦躁的心就会安定下来。

那天，她守在自己的摊子前。男人向她这里张望，他看着她，莫名其妙地发起怒，用脚发着狠踩地，用小锤子砸自己的手，直到她走到他跟前才停止。后来才知道，他的视力明显下降，看不清她了。为了让他看见，她穿红毛衣，穿红色的绸布袄，穿红色的羽绒服……差一点的衣服是自己买的，好一点的衣服是城里的亲戚淘汰下来的。她守在自己的摊子旁边，守着那些杂乱的碗筷，那些扫帚簸箕，那些有锈迹的刀具。

她披一身红装，在这个小镇非常显眼。按照她的年龄，她应该换上适合自己年龄特点的中性色彩。但她不在乎别人的看法，只是为了让他看见。

或许，爱情就是这样的，在离你不远也不近的地方，让你清楚地看见。

There is no one beside thee,and one above thee,and my words that would praise thee are impartant things,for none can express thee, though all should approve thee, I love thee so,Dear,that I only can love thee.

Blossom in Ashes

Title /爱到深处的人，一定有一颗卑微的心

Author /佚名

娶她的时候，他觉得自己是世界上最幸福的男人。他35岁，已经错过了最好的婚期。他兄弟多，他又长得不好看，攒钱帮兄弟们娶了媳妇，自己就老了。

她是外省的媳妇，漂亮俊俏，媒人花了三千块说给他。他像得了宝一样，捧在手里怕掉了，含在嘴里怕化了。

那时，他并不知道她是来骗亲的，她因为貌美，骗了好多男人，骗了就跑，跑了就再也不回来了。

可这次，她露馅了，跑到半路，被他的家人追了回来。

然后有人要打她，骂她是骗子。是他拦住人们，一夜夫妻百日恩，何况，他是真的喜欢她，喜欢她那个俏样子。

他给了她路费，送她到车站，站在一起，她比他还高半个头。她长发飘飘，他秃了头；她双腿修长，他有点罗圈腿。他站在那里说："跟着我，不会委屈你，可怕你嫌我难看，所以，放你走吧。"

临上车，他给了她二百块钱和一袋子东西，有吃的有喝的，还有他买给她的化妆品，廉价的口红与香水，却是他的一片心。

坐了一站，她下了车，她想，这一辈子，不会再有第二个男人对她这样好。

她回到他身边，说："我们结婚吧。"

结婚后，她仍旧是一派懒散作风，打牌抽烟，时时闹点小脾气。他回到家，总是冷锅冷灶，几年来一直如此。

倒是他，从没有抱怨过，只说她一个外乡人，这样不容易，她本来，可以嫁得更好。

知道他喜欢她，她就没完没了地耍性子，嫌他做的饭凉了热了咸了淡了，嫌他洗的衣服不干净，抱怨孩子的奶瓶有味了，那时他们有了孩子。他怕她半夜起来冷，所以总是自己起来，披衣服给孩子热奶、换尿布。他就一直这样卑微，甚至没有了自己。别人笑他，说他是一副上辈子没娶过媳妇的样儿。他嘿嘿地笑，也不解释。

结婚十几年，她依然容貌姣好，他却更老了，连背都驼了。孩子渐渐长大，责怪他的母亲不会疼父亲，可他总是向着她。她有时和小孩子一样，也和自己的儿子吵架，可最后胜利的总是她，因为，他站在她那一边，无论孩子对与错，用他的话说："你妈永远是对的。"

他的爱情原则就是，她永远是对的。

有一次，他们吵了架，他还了几句嘴，她当时就气昏了过去。等她缓醒过来后，他说："我错了，我错了，后悔死了。"

她说，别人谁都可以欺负她，唯独他不行。她撒娇使性，认定他是好欺负的人，认定他离不开她，她如何闹如何折腾，她仍是他手中唯一的永远的玫瑰。

50岁时，他的下肢突然瘫痪了，再也不能出门挣钱了，可她依然年轻，于是，他选择了一条让她没有想到的路，他上吊了。幸亏孩子看到，她哭了，问他为什么，他傻傻地说："我不能给你挣钱了，还有何用？"

刹那间，她扑入他怀中，哭得泣不成声。这个男人，一心全是为了她，即使到死，想的也是她，怕拖累她，怕不能给她挣钱。整整十五年，他娇宠着她，现在他不行了。她说："从今天开始，看我的吧。"

十五年来，她手指如葱白一样，细嫩光滑，不曾洗过碗，不曾摘过菜。如今这一切，她可会做？

她煮的饭是夹生的，洗的衣服染了色，可他说："好，好，只要你做的，一切全是好的。"

洗尽了铅华，不见了胭脂色，只见一个粗糙妇人的劳作，别人叫她打牌，她尖声嚷着："不去了，我家老公离不开我。"

她日日守在他身边，开了小卖店，她风里来雨里去地进货，他在家中等着。

有一天，看到她浑身是泥，他问："怎么了？"

她说："遇到劫匪了，想劫我进货的三百块钱，我跟他玩了命，结果怎么样？看，三百块还在！"说完，她居然得意地一笑，有小姑娘一样灿烂的笑容，他的老泪哗啦啦地掉了下来。所有的爱情必有回报，所有的卑微必有让你骄傲的那一天！

一个洗尽铅华的女人，一个收敛了双翅，心甘情愿栖息在红尘中的女人，就这样，为爱情而卑微，重新学习洗衣做饭，把家里打理得像模像样，和劫匪去玩命抢那三百块钱，这段情只与他有关，她的红颜，从此只为他展开。

是他让她明白，爱到深处的人，一定有颗卑微的心。从此，不计较苦与乐，只因为那深深的日子中，有爱随行。

The Way

Title /大山里的盲道
Author /佚名

那也许是世界上最偏僻的盲道，它趴在大山里，灰头土脸，与世隔绝；那也许是世界上最奇异的盲道，它由水泥铺设而成，三排小石子砌成整齐的微小凸起。它的左边是一片绿汪汪的田野，右边是深不可测的山沟。盲道不长，这端连着一栋草房，那端连着一片鸟声婉转的小树林。

第一次见到那条盲道，还以为只是一条普通的水泥路。奇怪的是，那条路仅有五十余米，并且就在路的不远处，就在田野与田野的中间，另有一条狭窄的遍布车辙的土路。正纳闷间，一位小男孩走上这条水泥路。他睁着很大的眼睛，然而他的目光却是散漫的。他的手里拿着一根细细的竹竿，他用竹竿轻轻敲打摩挲着面前的水泥路面。他走得小心翼翼。很显然他是盲童。

我忙走过去，对他说，“我可以带着你走。”

“没关系，我走了很多次呢。”小男孩笑笑，说，“再说还有我爹在后面看着我呢。”

这才注意到男孩身后不远处站着一位三十多岁的男人。

男人冲我招招手，示意我过去。

“他行的。”男人对我说，“每天他都要一个人从家门口走到那边的小树林，他拒绝别人的帮助，他说他可以，他说他喜欢听鸟儿们唱歌。”

“他从小目盲吗？”

“是的，一生下来就是这样。”男人说，“现在他还小，等他能够照顾自己的时候，我就把他送到城里的盲人学校去，我想让他学点文化，再学一门手艺，调试钢琴或者推拿按摩，他长大以后，就能够自食其力了。现在他可以依靠我，稍大些他还可以依靠我，可是他能够依靠我一辈子吗？我总会先他而老去。”

“可是这条盲道，谁铺设的？”

“是我。”男人说，“前年我和他去了一趟城里的盲人学校，我发现，学校的甬道就是这样铺设的。并且城市里很多地方，都有专门为盲人们准备的盲道。于是我就想，为何不能在村子里为他也修一条这样的盲道呢？以前他要出门，哪怕只是在门口转一圈，也得我寸步不离地跟着，现在呢？我为他修了这条盲道，他就可以一个人走到那边的小树林里听鸟儿唱歌了。当然我得在这里看着他，我也怕他出意外……可是因为这条盲道，他享受到了健全的孩子所能够享受的独立的快乐……他说他很喜欢听鸟儿唱歌。他其实，聪明着呢……”

“以前这里根本没有路，这里类似一个山峁，有的只是乱石。我先把路铺平，然后打上水泥，趁水泥没有硬结的时候将石子排整齐，压进去……我知道真正的盲道需要专门的路砖，可是大山里哪有这些东西呢？”

那天我被这位年轻的父亲深深感动。为了儿子可以独自行走五十米，他竟然在大山里铺设了一条盲道！虽然盲道是那般的简陋，可是它的的确确是一条真正的盲道。

If you shed tears when you miss the sun, you also miss the stars.

Radish and China Rose

Title /绽放的萝卜花
Author /佚名

萝卜花是一个女人雕的，用料是萝卜，她把它雕成一朵朵月季花的模样。花盛开，很喜人。

女人在小城的一条小巷子里摆地摊儿，卖小炒。一小罐煤气，一张简单的操作平台，木板做的，用来放锅碗盘碟，她的摊子就这样摆开了。她卖的小炒只三样：土豆丝炒牛肉，土豆丝炒鸡蛋，土豆丝炒猪肉。

女人三十岁左右，瘦，皮肤白皙，长头发用发卡别在脑后。惹眼的是她的衣着，整天沾着油锅的，应该很油腻才是，她却不。她的衣服极干净，外面罩着白围裙。衣领那儿，露出里面的一点红，是红毛衣，或红围巾。她过一会儿，就换一下围裙，换一下袖套，以保持整体衣着的干净。很让人惊奇且喜欢的是，她每卖一份小炒，就在装给你的方便盒里放上一朵雕刻的萝卜花。这样装在盒子里的，才好看。她说。

不知是因为女人的干净，还是她的萝卜花，一到吃饭时间，女人的摊子前，总围满人。五块钱一份的小炒，大家都很耐心地等待着。女人不停地翻铲，而后装在方便盒里，而后放上一朵萝卜花。整个过程，充满美感。于是，一朵一朵素雅的萝卜花，就开到了人的饭桌上。

女人原先有个很殷实的家。男人是搞建筑的，很有些钱。但不幸的是，在一次建筑中，男人从尚未完工的高楼上摔下来，被送进医院，医院当场就下了病危通知书。女人几乎倾尽所有抢救男人，才捡回他的半条命——男人瘫痪了。

生活的优裕不再。年幼的孩子，瘫痪的男人，女人得一肩扛一个。她考虑了许久，决心摆摊儿卖小炒。有人劝她，街上那么多家饭店，你卖小炒能卖得出去吗？女人想，也是。总得弄点和别人不一样的东西吧？于是她想到了雕刻萝卜花。当她静静地坐在桌旁雕花时，她突然被自己手上的美镇住了，一根再普通不过的胡萝卜，在眨眼之间，竟能开出一小朵一小朵的花来。女人的心，一下子充满期望和向往。

就这样，女人的小炒摊子，摆开了，并且很快成为小城的一道风景。下班了赶不上做菜的人，都会相互招呼一声，去买一份萝卜花吧。就都晃到女人的摊儿前来了。

有人开玩笑地问女人，攒了多少钱了？女人笑而不答。一小朵一小朵的萝卜花，很认真地开在她的手边。

不多久，女人竟出人意料地盘下了一家酒店，用她积攒的钱。她负责配菜，她把瘫痪的男人，接到店里管账。女人依然衣着干净，在所有的菜肴里，依然喜欢放上一朵她雕刻的萝卜花。菜不但是吃的，也是用来看的呢。她说，眼睛亮着。一旁的男人，气色也好，没有颓废的样子。

女人的酒店，慢慢地出了名。提起萝卜花，大家都知道。

生活，也许避免不了苦难，却从不会拒绝一朵萝卜花的盛开。

Sorrow is hushed into peace in my heart like the evening among the silent trees.

Goblin Shark

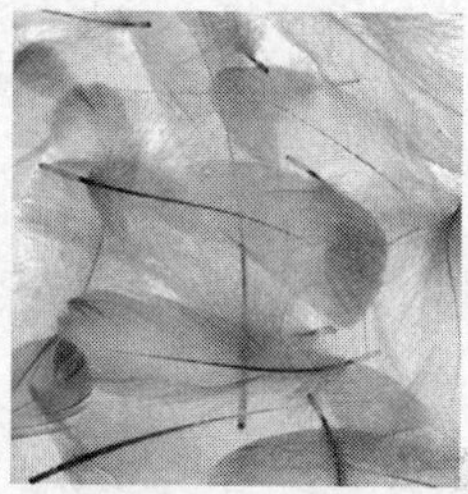

Title /加布林鲨鱼的悲情母爱

Author /[美]约翰逊

约翰逊，美国海洋协会的会员。2004年春天，他和同事吉拉在参加一次海洋考察时，意外地遭遇了一大一小两条加布林鲨鱼。当他们捕捉了那条幼鲨时，母鲨锲而不舍地浴血营救爱子，在发现幼鲨已经死亡后，母鲨更是以惨烈的自爆方式向人类诠释了一种来自动物之间的悲情母爱。

那是四月一个晴朗的星期三，我们一行12人进入了一艘性能优异的潜水艇，开始了我们的大西洋海底之旅，带队的人是50岁的弗吉尼亚大学的生物教授戴蒙先生，他热情而健谈，对海洋生物的研究非常广泛，几乎对每一种海底生物的生活习性和特点都如数家珍。

大西洋的海洋资源非常丰富，在潜水艇经过的地方，我们能够看到成群的鲱鱼、鳕鱼和丑陋的毛鳞鱼游过，螯虾以及各种藻类也不时地映入眼帘。

就在这时，我忽然发现窗口右侧的鱼群忽然四散逃去，一瞬间那些小鱼就都不见了踪影。接着一大一小两个阴影游了过来。天啊，那是什么样的鱼，灰色的闪着金属光泽的鱼皮，长相非常丑陋凶狠，鼻吻比凶猛残忍著称的虎鲨还要长还要尖，那锐利的牙齿，就像一把把直立的三角刮刀，寒光闪烁，样子十分狰狞可怕，让人不寒而栗。

“噢，我的上帝，那是什么？好像是种没见过的鲨鱼？瞧那锋利的牙齿，没错，它们肯定是鲨鱼的一种。”吉拉两眼直直地看着窗外，嘴里喃喃地说。

“我知道了！”戴蒙先生激动了起来，“这就是加布林鲨鱼，非常珍贵的，我们从来都没有完整的加布林鲨鱼标本，太难得了，这次居然被我们遇到了。”

加布林鲨鱼是一种凶猛的噬人鲨，只在深海活动，凶猛异常，人们都习惯地叫它“魔鬼鲨”。它同时也是极为特殊的一种鲨鱼。当它被围入渔网几经挣扎不得脱身时，会通过自身类似鱼鳔的肌体压强变化，而膨胀起来，最后自行爆炸成大大小小的碎块，宁肯粉身碎骨也不愿被人活捉，很有点宁死不屈的骨气。所以直到现在，世界上还没有任何一个国家捉到过一条完整的加布林鲨鱼，人们通常见到的不过是魔鬼鲨的碎块而已，断口都参差不齐，极像砖块或瓷器破碎后的样子。它们厚厚的皮肉很少有韧性和弹性，特别是鱼皮就像陶瓷制品一样硬。爆炸后的魔鬼鲨鱼片就像我们平时打碎了一件瓷器，断口完全可以拼接在一起，分毫不差。

正在这时，只听见很多人都在大喊："太好了，快跟着它们，我们要拍下它们的照片，这绝对是一条母鲨带着它的孩子，或许我们能把那条小鲨鱼完整地带到陆地上去。准备好撒网。"吉拉高声叫道，一副跃跃欲试的样子，恨不得立刻冲进海里把那条小鲨鱼抱进来。

此时，戴蒙先生浑厚有力的声音响起，顿时所有人都静了下来："我们将跟着这对鲨鱼，看是否有机会捉住它们，但大家不要抱太大的希望，许多年来，还没有一条加布林鲨鱼能完整地保存下来。它们的性情非常刚烈，我们只能寄希望于这条小鲨鱼，如果真能成功的话，那我们这次考察将使对加布林鲨鱼的研究获得突破性的进展。"潜水艇悄悄地跟在它们身后，等待着捕捉的时机。

母子情深。显然那条小鲨鱼出生不久，它紧紧地跟着它的妈妈，时时小心地躲到妈妈的身子下面。小家伙很容易受惊，总是小心翼翼的，一点阴影都会让它感到害怕。

我忽然有些奇怪，通常鲨鱼每交配一次，至少要生出7条以上的小鲨鱼，但这条鲨鱼怎么只带了一个孩子呢？

戴蒙先生解释说："鲨鱼是无法保护自己的孩子的，它们也有很多敌人，当小鲨鱼出世以后它们便要迅速地适应环境，学会照顾自己，否则就会有被吃掉的危险。这条小鲨鱼看起来没出生几天，它的兄弟姐妹肯定都已经消失了，所以我们要小心，它的妈妈一定会尽全力保护它的。"

由于鲨鱼的两眼长在头部的两侧，所以母鲨几乎可以感觉到各个方位的光线，我们特别注意熄灭了潜水艇的高亮度的灯光，只留下一些小灯来照明，尽管如此，那条母鲨还是注意到了我们的存在，因为它的触觉主要是靠皮肤表层下面的神经末梢网感觉的。它对我们的潜水艇保持着警惕的状态，动作迅速而灵敏。

戴蒙先生忽然想起了什么，跑到驾驶室里说了几句，接着就发现那两条鲨鱼慢慢地放松了下来。他得意地说："我让他们开通了一种新安置的装置，能够发出一种深海鱼类的磁场，它们现在肯定消除了戒备心理，把我们当成一条无害的大鱼了。"

我们观察着它们的一举一动。那条母鲨非常疼爱自己的孩子，它时不时地放慢速度，等小鲨鱼游过来，又专门带它到有鱼群的地方去，而它自己却不吃什么，在那里耐心地等待着，当它看到小鲨鱼已经可以迅速而准确地捕食鱼群时，它表现得很高兴，猛地冲了一下，吞吃了很多鳕鱼。原来做妈妈的早就饿了，为了教孩子捕食才忍住饥饿，没随意袭击。

小鲨鱼很快就吃饱了，开始围着妈妈撒娇，它不再去注意身边游过的鱼群，哪怕是肥美的鲟鱼也不屑一顾，这显然激怒了母鲨。当小鲨鱼调皮地游到妈妈尾巴旁时，这个严厉的母亲忽然实行了家法。只见母鲨的尾巴猛地扫了小鲨鱼一下，可怜的毫无防备的小鲨鱼，顿时被甩到了一块礁石上，我们很多人都忍不住惊呼起来，生怕出现什么意外，还好，小家伙没有受伤，可是看起来被吓得不轻，它慢慢地靠近自己的妈妈，眼睛里露出委屈的神情，而母鲨依然在前面游着。

“这是母鲨在教育自己的孩子，”吉拉说，“它要求自己的孩子尽快学会捕食之道，知道鱼群的区域和捉鱼的特点，能尽早独立。”她看看我们，又补充道，“这真是种聪明的鲨鱼。”

我们的潜水艇慢慢接近了小加布林鲨鱼，大家急切地等待着。戴蒙先生把镜头对准小鲨鱼的时候大喊了一声“放！”只听见闷闷的“咚”的一声，一张大网铺天盖地地向两条鲨鱼扑来，小鲨鱼的反应不如母鲨迅速，它被罩进了网中。

母鲨有段时间消失了，我们高兴极了，拖着小鲨鱼慢慢上升，要回到港口，那个小家伙在网中极其不安地游着，尾巴狂乱地划动着，企图挣脱渔网，但是它怎么可能成功呢？它越挣扎，渔网就把它裹得越紧，我们隔着厚厚的钢板，几乎都能听到它求救的声音了。

“它的妈妈会回来救它的，我们必须多加小心。”吉拉这时比较镇静了，她不安地看着窗外，等待着母鲨的出现。

忽然潜水艇剧烈地摇晃起来，很多人脸色顿时变得煞白，我更是感到天旋地转，等好不容易平息下来，我发现窗外正在进行着一场艰难的营救。那条母鲨冲了回来，它正在拼命地撕咬着渔网，小鲨鱼见到妈妈，更是拼命地在里面挣扎，它们的嘴都已经被渔网上的倒刺划破，鲜血一缕一缕地飘地水里，染红一片。

在撕扯渔网没有成功的情况下，母鲨终于发现眼前的这个庞然大物来者不善，它愤怒地向潜水艇发起了攻击。先是猛力撞击着潜水艇的头部，企图阻止它继续向上升，接着又疯狂地四处乱撞，它锋利无比的牙齿一次又一次从窗外闪过，那张大嘴好像在咒骂着什么，又像是绝望地企求着什么。

我看着它一次又一次失败的进攻，感觉如果有足够的能力，它会把整个潜水艇都撕碎的。它发现了潜水艇后面拖带的那些小鱼，只一下就将它们咬烂成泥。吉拉捂住了眼睛哀号：“哦，我的珍珠鱼啊，可怜的珍珠鱼啊。”

我们继续上升，已经可以感觉到水中的亮度在一点点增加。母鲨的进攻也因此变得更加凶猛。因为它的撞击，船体剧烈震荡起来，有人开始呕吐。

“坚持住，加快上升速度，我们一定要成功。”戴蒙先生大喊。

那条母鲨见营救无望，扭头去看它的孩子。它亦步亦趋地跟随着我们，眼睁睁地看着孩子在网中费力地挣扎，很显然，这条出生没几天的小家伙已经没有力气了，动作迟缓了许多。忽然母鲨张开了血盆大口，恶狠狠地咬向了它的孩子……

“天啊，它已经知道了我们的意图，它是要把小鲨鱼咬碎，不让我们完整地带走它。”一个穿白色上衣的男子喊道。

我们谁也无法阻止这一暴行，换句话说，我们谁也没想到母鲨会做出这样的事情，大家挤在狭小的窗口，眼睁睁地看着这个疯狂的母亲凶狠地隔着渔网撕咬着它的孩子。

小鲨鱼被渔网裹得紧紧的，几乎无法动弹，只能任由母亲把自己咬烂。鲜血汹涌地喷了出来，一片红色的海水过去，我们看见一片片碎肉从渔网中撒出。小鲨鱼很快就一动不动了，但它的妈妈却还没有放弃撕咬，它张着大嘴，牙齿上沾满鲜血，不停地咬着渔网里的尸体。那具刚才还快乐地在水里游动的身体，现在已是千疮百孔惨不忍睹。

我们都目瞪口呆，大家已经忘记船身的剧烈摇晃，两眼直直地看着那头母鲨，看着它把自己的孩子无情地撕碎。

这次将小加布林鲨鱼带回研究的愿望彻底破灭了，我们只好返航，那只渔网里还有小鲨鱼尸体的一大部分，但因为无法将渔网撤开，我们只好拖着它前进。

那条母鲨依然不屈不挠地紧跟着我们。有几次因为水流的原因，小鲨鱼的尾巴摆动了一下，它的妈妈先是欣喜若狂地冲上去，以为自己的孩子又活了过来，等到发现不过是假象时，又加倍愤怒地撕咬起来，把小鲨鱼的尾鳍都咬碎了。看样子，它会一直就这样跟着我们，直到它再也不能前进为止。甚至有一次，它死死地拖住渔网，企图不让潜水艇前进，但结果却是枉然。

周围的景物已经越来越清晰，我们能够看到浅水域里的鱼群了，海面上一定有着很好的阳光。母鲨的行动越来越吃力。生活在深海里的鱼是无法忍受浅水环境的，我想它很快就要放弃跟着我们，回到它自己的领地去了。

“快看，还有几米我们就可以到海面了。”有人高兴地喊着，可这时才发现，那倔强的母鲨依然跟随着潜水艇，在幼鲨尸体边游着，只是，它的身体好像膨胀了起来，变得很肥大，那双凶狠的小眼睛也有些向外突起，看起来非常恐怖。

戴蒙先生看着这条母鲨不禁身体一颤，不由自主地向后退去：“哦，上帝，它要做、它要做什么？”

话音未落，只看到窗外“轰”的一声，潜水艇受到了激烈的震荡，等到我们回过神能够再向外看的时候，四周的海水已经全被血染红了，到处都是一块一块的碎肉块。

那条母鲨自杀了！它把自己爆炸成了无数的碎片，散在这片海洋里。

船舱里安静极了，一直到上岸，没有一个人说话。

There little thoughts are the rustle of leaves; they have their whisper of joy in my mind.

Truly Tender

Title /病床上的风花雪月时间

Author /佚名

他们是经别人介绍认识的。

那时，所有知青都返城了，只有他没有门路，留在了北大荒。年龄也大了，于是有热心的大姐介绍了当地的女人给他，没见几面就结婚了。

他是知识分子，心思细密，而且写诗填词非常风雅。而她是不识几个字的农家女子，缺少了几分女性的温柔与灵动，比男人还要男人，大着嗓门和他嚷。他以为所有女人全是温柔似水的，却不知道，还有这样粗犷的女子。

于是吵，三天一小吵，五天一大吵。

结婚多少年，吵了多少年。

到后来，孩子们都习惯了他们的吵，他们如果不吵，好像家里就少了点什么。

再后来，他提出了离婚，她坚决反对："我不离，一我没有胡搞，二我全心全意为了这个家，凭什么要我和你离婚？打死也不离。"

婚离不成，日子还是要过。

他选择了分居，离家出走。

因为不喜欢和她在一起，所以，在45岁办了病退之后，他总是离家出走，到全国各地旅行。只要看不到她就行，看到她心里就犯堵，他宁可一个人行走江湖。最长的时间，他有两年漂泊在外。

他是在火车上犯的病。

心脏病突发，医生从他口袋里找出唯一的电话号码，是家里的电话。

那时，正是半夜，接了电话，她哇哇哭着，叫着"冤家"，跟着儿子就去了。她血压高，可非要去，儿子说："你这不是去添乱吗？"

她说："添乱也要去！"

到了外地的医院，她扑过去，几乎倒在他身上。

他已经昏迷，她却拉着他的手说："老头子，从今以后，我再不让你生气了，我不嚷了，你回家吧，你不能有个三长两短啊。"

他的心脏坏了，得换心脏。她一听，吓呆了。

医院联系了一颗年轻的心脏，可做手术得要二十多万，她哪儿来的钱？孩子还在上大学，自己的工资只有这么多，她做了一个让人意想不到的决定：卖房子！

几十年的老房子，卖掉了。

他并不知道她卖了房子。他在医院里躺着，看她进进出出地忙碌。一夜之间，她的头发全白了。

当他看到她头发白了时，他说："你这是何苦？"

她说："我得救你，你不能死。"

临做手术前，她把他的手腕上脚腕上全拴上了红绳，她说："让老天爷保佑你，我相信你能过这一关。"

做手术的时候，她跪在了手术室外面。

大夫说："你这么迷信吗？"

她说："我只为他才迷信。"

当他知道这一切时，掉泪了。

他没有想到她对他这样好，而他这二十多年来对她却是冷漠且绝情的，认为她配不上他、她没有多少文化、她太男性化、她不懂风花雪月……到最后，怜他爱他的人却只有她。

她白了头发，显得更难看了，脸上有很深的皱纹。他却不嫌了。手术之后，他的脚总是凉的。于是，她每天给他按摩脚，每天三个小时，直到脚心全热乎起来。

他问："臭吗？"

她答："我不嫌。"

她就抱着他的臭脚丫子，天天按摩着。

不久，他出院了，换了年轻人的心脏，比从前更健康了。她卖了的房子，他又买了回来。

从前一直想离婚，他留了心眼，攒下了不少私房钱，现在，他全拿了出来，然后问："你怪我吗？"

"不怪。"她说，"我不怪你的，是我不够好。"

让他想不到的是，这次，她居然提出了离婚。

她说："二十多年了，你一直想和我离婚，我一直死拉活拽不离，现在看你又活了一次，在生死边缘上打了一个转，我想通了。人来一世不容易，我得成全你，咱离婚吧，你再找个好的去，我不配你。"

当她说完这话时，他一下子抱住她："亲人，哪里还有比你更配我的？这次大病让我知道，你的左手抓的是亲情。右手抓的是爱情，我两个都跑不了了；也让我明白了，什么是真正的爱情，大难来临时，那个站在你身边的女人，一定是最爱你的。”

他说，别说离婚，以后，我不许你离开我半步。

从那以后，他天天缠着她跟她去散步，两个人在夕阳下，说着话，散着步。买菜回来，他学会了擀皮，包饺子时做她的助手。她学会了煲汤，只因为他喜欢喝。

他对朋友和亲人说，从前总在寻找爱情，以为自己找到的不是爱情，其实，爱情也许就在身边。只要用心发现，总会有爱情。

他对她说，我们是两棵树，紧紧依偎着，根纠缠在地下，叶相握在云里。她仍然听不懂他说什么，可是，她知道，他擀的饺子皮是最好的，因为，里面有了爱情的味道。

Do not seat your love upon a precipice because it is high.

Soliste

Title /二十八号独舞者

Author /佚名

每次查病房，我总是习惯叫她二十八号。她会先甜甜地“哦”一声，然后兴致勃勃地向我汇报她一天的动向。二十八号，一个不足十二岁的小女孩，不小心跌断了一条腿，接着被查出了骨癌，左腿臀部以下切除。在她的身上，我似乎找不到病人贯有的悲伤厌世。我总是怜悯地想着：小女孩，或许你还不懂，你面对的可是人生的大困难呐。

她的坚强让我吃惊。就拿手术那天来说吧，当她从麻醉后醒来，摸着厚厚的绷带，最终没有哭出声来。我听见她对守护着她的母亲说，妈妈，你得帮我，我不能没有舞蹈！她母亲别过脸拭去眼泪，她却笑了（那是一种苍白而无奈的笑啊），妈妈，我们都得学会坚强，不是么？

二十八号是我主管的病人。从和她的聊天中我了解到她是某艺术舞校五年级的学生，主修民族舞蹈。每天她除了打针，吃药，还得化疗。据检查报告说，癌细胞已有少许扩散至盆骨，五年存活率百分之十。化疗五个疗程下来后，她的头发脱光了，夜里又经常睡不着觉，因此，她看起来似乎更虚弱了。不过她很配合治疗，不仅听护士的话，嘴巴子又甜，大家都很喜欢这个小妮子。

手术过后二十天，她腿上的绷带终于拆除了。她央求母亲给她买回一辆轮椅，傍晚时分我们经常可以看到她让母亲推着她到处散步呢。她也常常一个人推着轮椅到各个病房探望病友。在值班时，我常可以听见隔壁的叔叔阿姨吆喝她：二十八号，过来给阿姨唱个曲子；二十八号，过来让叔叔瞧瞧，唉，给叔叔讲个故事啦……

她似乎是一个快乐的精灵，在病友间传播着她的乐观，甚至感染着医生和护士。整个化疗二区的氛围因此松弛而愉悦着。

一日，她隔壁的一个病友二十五号去了。清理二十五号的物什时，我们小心翼翼的，我又叮嘱大家统一口径，如果二十八号问起，就说二十五号痊愈出院了。

二十八号最终还是知道了，她母亲告诉她的。我责怪她母亲时，她母亲却淡淡地说，我必须让我女儿知道这种病是多么的可怕，意志稍微松懈便有吞噬的危险，我不会对她隐瞒什么，让她知道实情或许她能更好地来面对。

我因此而担心二十八号的情绪，事实上，我的担心是多余的。那天晚上，大家都不愿打开电灯和电视，病友们以沉默的方式来表达对二十五号的悼念和祝福。整个化疗二区的空气沉闷并且压抑，走廊里空寥寥的，出乎寻常的死寂。

纵然是作为一名医生，我还是害怕这般的氛围。我仿佛被巨石压迫般透不过气来，人因此烦闷而不安地来回踱着步子。

我突然发现，三一二病房的门缝里透出闪烁的烛光。我踮起脚尖，透过门上的玻璃镜，我看到二十八号面朝着窗户，低垂着头，似乎在虔诚地祈祷着什么，她母亲坐在椅子上睡着了。我轻轻地推开虚掩着的门走了进去，从背后拍了一下二十八号的肩膀。二十八号抬起头，眼眶里含着泪珠，里头跳跃着烛光般的火焰。

我正要安慰她时，她却先问我了，医生，人死后是不是可以去天堂呢？天堂是不是没有病魔和痛苦呢？我认为她是受着惊吓了，便苟同她说，是呢，天堂里没有人世间的一切苦难呢，放心吧，二十五号会一路走好的。她似懂非懂地点了点头。作为医生，我以前是不相信天堂的，即便有，那边的路也不平。可是现在我宁愿相信天堂是存在着的，而且还是一个美好的归宿。

那一晚，我们谈到了死亡，谈到了生活，谈到了未来。凌晨两点的时候，她终于肯睡觉去了。窗外的月光透过米白色的窗帘，细碎地散落在窗棂上。拂开窗帘，细微稍冻的风从我的脸上拂过，这样的风曾在我的心底留下冰凉的痕迹。一轮明月逐渐地西落去，旧年的钟声将要敲响了么？

第二天，二十八号又像往常一样快乐地推着轮椅穿梭于各个病房之间了。

她从我的口中得知，医院将在除夕晚上举行新年联欢晚会。她央求我说，她想去参加并表演一支民族舞蹈。这可让我为难，舞蹈本身是一种肢体语言，而她却丢了一条腿，她能行吗？为着这件事，医院领导和医护人员专门组织了一次讨论，最终决定给二十八号一次表演的机会，不过表演时间不能超过两分钟。当我把这个消息告诉她时，她乐翻了天。

经过商量，她决定准备一支名为《浴火夜莺》的舞蹈。她向我借了一台微型录音机，又让我帮她准备好磁带，然后她开始了训练……

除夕终于来了。

我敢说这是医院历史以来最成功的一次晚会。当二十八号由她的母亲推着出场时，舞台下爆发了雷鸣的掌声，院长用了整整五分钟才平息下去。院长作了关于二十八号简短的介绍，然后音乐开始了。

她，我们的二十八号，一只腿撑着从轮椅上站了起来，如一只夜莺般，时而张开双翼，似翱翔于碧空之上，又时而俯首，似在亲吻土地——这位伟大的母亲。她甚至跳跃起来，可是她跌倒了，一只腿让她无法控制好重心。观众的心掀到了嗓子，医护人员正准备冲上舞台时，只见我们的二十八号又重新地站了起来，而且近乎完美地完成了跳跃的动作，最后，她由母亲举起，做出一副扑飞的姿态，音乐"嘎"地停止了。舞台下响起一片啜泣声，观众擦拭着眼泪冲上舞台紧紧地拥抱着二十八号母女俩……

我们的二十八号，一个名叫苏琪的女孩，这个独舞者，震撼了整间医院。

You don't love a woman because she is beautiful, but she is beautiful because you love her.

My Lovely Cat

Title /咪咪，你在哪里?

Author /韫秀

咪咪，你在哪里？从去年11月到今年的1月，咪咪你离开我已经有两个多月了。暮春、炎夏、明秋，再转到初冬，分明的四季却只能留住你七个月的生命。岁月渐渐远去，思念你的心情似乎开始慢慢减少，但那只是不愿意常常因为你的离开而伤心的缘故，我刻意压制自己不要太想你，因为想你是一种疼痛。

朋友说，你是一只猫，何必如此？我知道许多人都会这样想的，一只猫，丢了就丢了吧，大不了再养一只。可是此只非彼只，如我也想在现实的世界里寻找你的替代品一样，每次在马路上看到貌似你的猫猫，我都停留下来仔仔细细瞅瞅它们，希望从它们的身上找到你的影子，但是却无法再寻到你的样子。

咪咪，你在哪里？全身白毛，仅仅在头顶上有一撮桃型的灰毛，一只澈蓝，一只亮灰的眼睛是你与众不同的标志，仿佛注定你是独一无二的，独一无二到我再也寻不到你的影子——那晃动在我的眼际却又抓不住的影子。

曾经你在我的身边，一个不会走路的小猫崽。因为出世大约15天就被主人家丢弃的猫孩子。幸运的是，你被我的邻居捡回来，从此就天天在我的眼皮子下蹒跚学步，吃吃呀呀。媚阳和清雨，在绿树葱茏、丽花灿漫的春天尽情地流连大地，你在春的世界里和你的兄弟姐妹偎依在一起，共同哀呼着没有母亲关爱的凄惶，指望着人类给予你们全新的爱护。你们是多么依恋人类啊，从此大概也忘记了人类的残忍，无论是谁，你们都要轻轻地靠近，抬起你们稚嫩的脑袋，张开粉红色的嘴巴，吹着小胡子“喵喵”地倾诉你们的心思。

从你们的眼神和声音里，我听出来了你们的怯弱和期待，我忍不住拨开人群，蹲到你们的跟前。你们看到有人朝你们靠近，于是争先恐后地向我跑来——不，那不叫跑啊，是爬过来，爬到我的双手上，但是我的手太小了，尽管你们每一个的体积也只有我一张手掌大，我的手心也只能容下你们其中的一只。咪咪，你把你微弱的身躯蜷在我的手心里，你不懂得害怕——害怕在你眼里看起来像巨人一样的我会给你带来什么伤害，你如此信任着我，仰起你的小头颅看着我。我的手心感受到你温暖的躯体在瑟瑟地颤抖，那不是天气寒冷的原因，是不是你担心我嫌弃你会把你从手里扔掉？你还在看着我，看到我的怜惜表情，你不再担虑，我也感觉不到你的颤抖了。那么，咪咪，让我收养你吧！你长得这样漂亮，如此乖巧，我想收养你。

邻居叮咛我一定要对你好，我想因为你是个苦命的猫仔，所以邻居再也不愿意收养你的人哪一天不喜欢你了再把你给扔了。我知道，我既然决定收养你，就没有想过要丢弃你。

那五月晚春的气息，揉杂在你冉逸逸的毛丝里，你攀着清碧蜿蜒的蔷薇枝条往上爬，想去衔住粉白的花，你够呀够，怎么也够不到。一阵风吹来，你被风吹倒，摔了下来，地上是一层蔷薇花瓣，一些好色的蚂蚁躲在花瓣下舔着花蕊，另外一些蚂蚁涌向你的食盘，计划着抢劫你的口粮。你在蔷薇花瓣上滚啊滚，我就在旁边微笑着看啊看，看到你滚到我的脚面上，我才伸手把你抱起来，你看见我，任由我抚摸你的毛，闭上了你的眼睛。

春将离去，夏的讯息扑鼻而来，布谷鸟的鸣声也穿过河流和山川，在城市的上空回漾。你伏在我的双膝上，和我一起看电脑屏幕，你不明白为什么电脑屏幕里总有一些运动的东西，那殷红的血渍、声撕裂肺的哭声、生离死别的惆怅……你猜不透人类的思想，也看不到人类的残忍。你看你，在我的膝盖上不耐烦了吧，跳上了书桌，盯着闪光的鼠标，死死地盯着，然后扑了上去。哦！你咬住我的手面了，却不疼。我笑哈哈地扯你的小耳朵，故意激起你的斗志，你终于上当，回头咬我抓你耳朵的手，我躲，你扑，你扑，我躲，终究累了，又会到了我的膝盖上。这次你真睡了。电脑屏幕上有条狗被人杀了，它在咽呜，你没有听到，你在睡。人类的残忍啊，咪咪，你不知道！

咪咪，你在哪里？那团白毛球蜷到哪里去了？外面夏雨连绵，地面上来不及淌，雨水挤在一起淹没了第一个台阶，城市似乎没有了安宁，在水的沐浴中欢声笑语，热浪滚到了地底下了，地底下的虫子在呻吟，惋惜自己失去了一个新筑的家。新闻网上报道说有人在马路上走，被刮断的树干砸死了。生命无常，咪咪，你看到过生命萎谢时的样子吗？我越想越怕，这样大的雨，咪咪你不见了！一个激灵，突然，我撑起一把伞，冲进雨幕里，呼喊着，希望你在某个小角落里回应我的呼声。可是没有找到你。我疲倦了，回来，依在床沿边，一声叹息。

你不会离去，是的，你不会离去。大雨从清晨到黄昏，一丝不减地下个不停，快要淹没第二个台阶了。突然，你在我门外叫起来，用爪子叩击着木门。我弹跳起来：“咪咪！”从此，你叩木门的声音频频响起，预示着你要进我的卧室要和我在一起。

每次准备出去，我一打开门，你就知道我的方向，从厨房的窗户跳出来，目送我的离去。再回到家，你一听到我的声音，马上守在门里等我开门。这像一个惯例，我习惯了你的举动，你也习惯了我的生活。如果你看到我在马路上走，你也会沿着我路线跟着不离不弃。你不需要被谁指引，你也许只有一个这样的信念，和我在一起你才有活着的保障。

我要考验你的智力。于是我带你去一所大学散步，没有用绳子拴着你，由着你跟在我的后面跑。那是你和我在一起最长的一次散步。路人奇怪你是猫还是狗，为什么像狗一样紧跟在我的身后，寸步不离。我故意走得飞快，看你的反应。“喵喵！”你抗议的声音急促不歇，抱怨我跑得太快你追不上。我又故意躲起来让你看不到。“喵喵！”你惊慌失措地哀叫，直我出现在你的眼前，你一个箭步奔上来，气喘吁吁。

你终于累了，不肯走了。我看出你的意思，假装不抱你，然后走得离你远远的，你看着我脚步，不言语。有的路人围了上来，说这只小波斯猫哪里来的。我说你不是波斯猫，只是长得像波斯猫罢了。我说你叫咪咪。“咪咪，咪咪。”人们在叫你。你一脸无辜地看着我，还是一动不动。“咪咪，咪咪。”人们还在叫你，一遍又一遍。你终于不耐烦了，拨开四脚，撒腿狂跑。不经意间你站到我的脚边了。“咪咪，咪咪。”人们还在叫你。

你是一只宠物，你的生活只有享受。谁也不抱怨你只享受不劳动的事实，如果你给人类带来快乐的话。偶尔给你劳动的机会，你却成了人们谈笑的言资。晚秋昭示着冬的来临，冷季的老鼠也要准备过寒天了。它在人类厌恶的眼神下，仓皇得窜东窜西，寻觅着它想要的食物。因为在一个院子里，你和你的兄弟即使分开生活，却常常有机会在一起玩耍。老鼠闯进你们游乐的领地，成为你们追捕的目标。

无阳光无风雨的天庭下，成熟的秋景一片一片，黄得灿烂，没有尘埃，仿佛大地初始开辟的混沌，今时今刻尤有余存。你是快乐的生灵，没有对人类任何恶意的攻击，甚至如你全无戒备地相信人类对猫类也是和蔼可亲，即使是鼠辈的天敌，还要温和地演绎一场令人嬉笑喷饭的猫鼠游戏。

是游戏，就有游戏的规则。你们的规则很简单，只不过是一边一个拦住老鼠的去路。生死两重天，一边是幸灾乐祸的猫兄弟，一边是失魂落魄的老鼠，对视着，窜跑着，来去之间，把人类的眼神引向了波澜不惊的生活片段里。那是你一生的游戏，一生的荣耀——因为你终于让全院子里的人记住了你。那也是我回忆你时最精彩的场景之一。其实你不知道你这一点成绩，你和你的兄弟追完了老鼠，仍然如常，没有什么不一样的，卧在我的膝盖上，外出寻找你的朋友，你的世界很简单，只要我不抛弃你，你就满足了。

但是你也有你的情感。当我不开心，甚至哭泣的时候，你守在我的身边，变换着你的姿态，关心地观察着我，你不会讲人类的语言，但是你也会表达人类的情感。咪咪，这是我永生不能忘怀的情景，你调和出来的气氛，给我你的关心。你知道把我的快乐当成你的快乐，把我的悲伤当成你的悲伤。其实无论人类，还是非人类，如果有了彼此的关心，那还要计较什么?

你明白了多少呢？人类的残忍你低估了，我在人类的世界里生活着，早就看到了人类某些残忍的一面。那张网下的美食，欺骗了你单纯的头脑，只恨你的群类没有进化得聪明一些，能够明白网下的美食是隐藏着人类金钱的诱惑，而你成了金钱的源泉。也恨我把你养得太健壮，引起了丧尽天良的人对你垂涎三尺。总之，这不是你的错误。人类的冷漠把你出卖了。有人看到抓猫的人来了，也不告诉我，却偏偏事后告诉我。这是怎样的逻辑啊？似乎事情发生过了才可以为自己找到解脱的罪责。他们也会说，那仅仅是一只猫，被人逮了杀了当猫肉卖了，死了就死了，没有什么了不起的。他们就忘记了你要生的渴望，你对人类没有歹心的本性。

咪咪，你在哪里？这几天下了很多的雪。如果你还在的话，肯定又睡在我的膝盖上，回避寒冷的空气——可是你不在了。我看着你的照片，一双清明的眼睛满是期待，身体陷在透明的花瓶里，前爪双双趴在花瓶口沿，如此鲜活，却永远定格在电脑里，再也活不过来了……

To Be By Your Side

Title /陪着你慢慢地走

Author /韫秀

他的左手扶着她的肩，右手紧紧拽着她的一只胳膊。

她的双手总是握成半拳的姿势，两只僵硬的胳膊扭曲着悬在空中。她的双脚也变了形，走一步，身体便会剧烈地摇一摇，远远望去，好似一个巨大的不倒翁。

他搀扶着她，一步一步地挪动。她每迈出一步，他仿佛都要使出全身的力气。或许是长期低头弯腰的缘故，他瘦长的身体显得有些佝偻。经常有人远远地对着他们的背影叹息：原先是多么漂亮的一个女人呀，一场大病把人折磨成了这样——

不到三十呢，可惜呀！也有人嘀咕：那男的肯定撑不久，总有一天会撒手，毕竟，他还那么年轻……

然而，从春到秋，自夏至冬，无论风霜雪雨，每天清晨，他们都会出现在这条沿江大道上。日子久了，人们渐渐习惯看到他们，就好像看到路边任何一根电线杆。偶尔有熟人同他打招呼，他便会扬起脸，爽朗地笑着大声说："好多了，好多了，今天又多走了两步呢！"

那天早上，他像往常一样扶着她走在沿江大道上，看不出任何征兆，台风突然夹着暴雨席卷而来，呼啦啦的风声哗哗的雨声和咣当的物体坠地声响成一片。"轰"的一声巨响，他们身后的河坝决了一道口子，浑黄的河水咆哮着冲到马路上。

风雨中，他挥着双手拦车，可是没有一辆车肯停下来。他扯开嗓子呼救，但路上只有偶尔狂奔而过的人，没有人听见他的声音。

路上的水一点一点往上涨，很快便没过了他们的小腿、大腿、腰和胸口。他们像两片叶子，在水中漂浮。

他不再徒劳地叫喊，而是拽着她的手，慢慢地在水里挪动。一个小时以后，他们被武警发现了。他一手抱着一棵香樟树的枝丫，一手紧紧地拽着她。被救起时他已经昏迷，人们无法把她的手从他的手心里抽出。直到他苏醒过来，看到她傻笑的脸，他的手指一抖，两只紧扣的手才松开。

如果晚五分钟发现他们，洪水漫过他们的头顶，他们必死无疑。有人说他蠢，只要一松手，他就可以脱离危险。闻讯赶来的朋友甚至愤愤不平地数落他：你已经服侍她整整七年了，再搭上性命，值得吗？

采访抗洪现场的记者恰好看到了这一幕，便悄悄把镜头对准了他。面对朋友的嗔怒，他嗫嚅道："那时，哪还有心思去想值不值得？我只晓得，要像平常那样拽牢她的手，陪着她慢慢地走。"

他说这些话的时候，她只是"嘿嘿"地笑着，嘴角流出的涎水如同一串珠子溅落在他的手腕上。他顾不上理会朋友，急忙用毛巾给她擦拭嘴角。她吃力地抬起右手，用握不拢的手指扯起毛巾，笨拙地拭着他手腕上的口水，又傻笑着把毛巾往他脸上蹭。他立即半蹲下来，把头伸到她手边，任由她用沾着口水的毛巾胡乱地擦着他的脸。在后来播出的电视画面上，人们看到他始终微笑着注视她，眼里蓄满怜恤和体贴。他一脸平静，看不到一丝劫后余生的惊惧。

他和她依然在每个清晨出现。他们艰难挪动的每一步都让我坚信，世间真有这样一种爱：可以分担你一生的愁，不用海誓山盟，却能在暴雨狂风中，陪着你慢慢地走……

What you are you do not see, what you see is your shadow.

Wrong Dialing

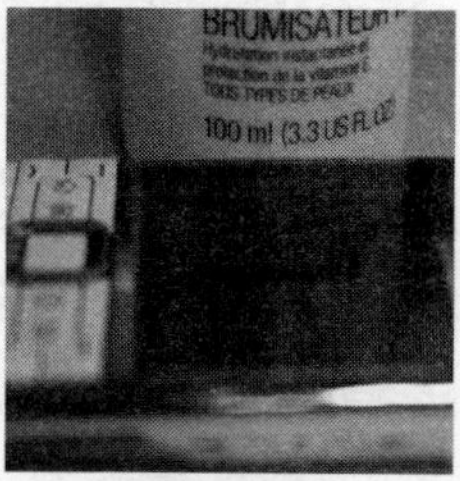

Title /拨错的手机号码

Author /佚名

一天，正走在路上，手机响了，话筒里是个稚嫩的小女孩的声音：“爸爸，你快回来吧，我好想你啊！”

凭直觉，我知道又是个打错的电话，因为我没有女儿，只有个6岁的独生子。

这年头发生此类事情也实在是不足为奇。我没好气地说了声：“打错了！”便挂断了电话。

接下来几天里，这个电话竟时不时地打过来，搅得我心烦，有时态度粗暴地回绝，有时干脆不接。

那天，这个电话又一次打来，与往常不同的是，在我始终未接的情况下，那边一直在坚持不懈地拨打着。

我终于耐住性子开始接听，还是那个女孩有气无力的声音："爸爸，你快回来吧，我好想你啊！妈妈说这个电话没打错，是你的手机号码，爸爸我好疼啊！妈妈说你工作忙，天天都是她一个人在照顾我，都累坏了，爸爸我知道你很辛苦，如果来不了，你就在电话里再亲妞妞一次好吗？"

孩子天真的要求不容我拒绝，我对着话筒响响地吻了几下，就听到孩子那边断断续续的声音："谢谢……爸爸，我好……高兴，好……幸福……"

就在我逐渐对这个打错的电话发生兴趣时，再次打来电话的不是女孩而是一个低沉的女声："对不起，先生，这段日子一定给您添了不少麻烦，实在对不起！我本想处理完事情就给您打电话道歉的。这孩子的命很苦，生下来就得了骨癌，她爸爸不久前又……被一场车祸夺去了生命，我实在不敢把这个消息告诉她，每天的化疗，时时的疼痛，已经把孩子折磨得够可怜的了。当疼痛最让她难以忍受的时候，她嘴里总是呼喊着以前经常鼓励她要坚强的爸爸，我实在不忍心看孩子这样，那天就随便编了个手机号码……”

“那孩子现在怎么样了？”我迫不及待地追问。

“妞妞已经走了，您当时一定是在电话里吻了她，因为她是微笑着走的，临走时小手里还紧紧攥着那个能听到‘爸爸’声音的手机……”

不知什么时候，我的眼前已模糊一片……

Life finds its wealth by the claims of the world, and its worth by the claims of love.

30 Seconds

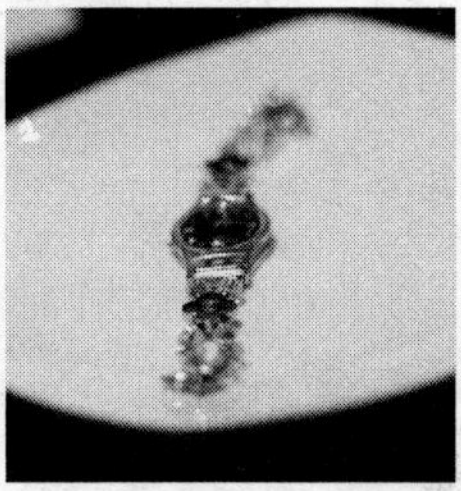

Title /30秒即一生的爱

Author /佚名

男人和女人吃完晚饭，然后男人搭上车直奔机场。他要去一个遥远的城市出差，飞机是不等到人的。可是他们的晚饭精致且丰富，一点儿也没有马虎，全是女人的拿手好菜。女人用了大半个下午的时间，让桌子上摆满海鲜。

男人像鲨鱼般喜欢海鲜，可这个男人的风格，却一点儿也不像鲨鱼，他举止优雅，是一位优秀的男人。

男人是在傍晚登上飞机的。他对女人说，当他走出机场的时候，时间会很晚，所以他今天晚上就不给女人打电话了，等到第二天清晨再打。女人说："好。"她站在窗口向男人挥手。接下来的半个月，男人将在一个陌生的城市里度过。

很晚了，女人早已熟睡。忽然电话的铃声她吵醒，她看了看床头的钟表，已是凌晨。女人爬起来，来到客厅，接起电话。她听到了男人的声音。

男人开口就挺突兀："你还好吗？"

女人有些惊讶："还好，我已经睡下了。不是说早晨再打电话吗？"

男人好像不放心，又追问一句："你没事吧？"

女人有些好笑，这男人太婆婆妈妈了，虽然知道他是关心自己的："我当然没事，睡得正香。你怎么了？"

男人说："跟你说一声，我已经到了。你不用担心。有事别忘了给我打电话。"然后他跟女人道了晚安，急急地将电话挂断。

女人拿着电话，愣了足足一分钟。她想今晚的男人有些不对劲。哪里不对劲呢？一时却又说不出来。

半个月后，男人从那座城市回来，仍然神采奕奕。可是他的肚子上，多出一块伤疤。

女人问："怎么回事？"

他回答："没事，一点小伤。"

女人急了，追问不休。

男人就笑了："告诉你，你可不要生气。那天我下了飞机在街上走，肚子突然很痛。那是从来没有过的绞痛，让我几乎晕厥。于是我一下子想到了海鲜，想到可能是食物中毒。你知道，在我们这个海滨小城，每年都有人因为吃海鲜而送命。于是我给你打电话，我想假如真的是因为那些海鲜，那么，此时的你一定也会有感觉。假如你没接电话，或者虽然接了，但身体有什么不适，我就会直接把电话打到120急救中心，让他们马上赶到咱家。后来听你口气感觉一切都很正常我就没再惊动你，放心地挂了电话。"

"感觉都那么不舒服了，你还不赶快想个办法先救自己？"女人问，"哪有那么多心思想东想西的。"

男人深情地望着女人："再紧迫，我也要先给你打个电话。你知道，食物中毒这样的事，马虎不得的。时间就是生命。"

女人想起来了，那天，电话固执地响了好久，她才懒懒地起来接听。虽然她和男人只是聊了简短的几句，可是这几句话，用去了大约半分钟的时间，男人其实正在忍受着巨大的疼痛。他在确信女人没有任何问题后，排除了食物中毒的可能，才挂挂断了电话，才开始向路人求救或者求助于当地的120急救中心。假如那天他们真的是食物中毒，那么，即使远在几千公里之外，男人也会把医护人员送到她的身边。只不过，男人会因此耽误30秒钟。或者说，在可能的生死关头，男人把自己的30秒，毫不犹豫地送给了女人。而这30秒，男人肯定深知，极有可能就是生与死的距离。

女人不说话了，她已经说不出什么话来。

男人轻松地笑了笑说："还好，只是虚惊一场，什么可怕的事情都没有发生。"他又指了指肚皮上的那块伤疤，调皮地眨了下眼睛，"这是急性阑尾炎留下的纪念。"

女人笑不出来，只是那泪却流了满面。

Dear Brother

Title /弟弟，天堂里可有大学

Author /佚名

在我三岁那年，父亲患了一场重病，没捱多久便去世了。那一年，弟弟两岁，母亲从此没再嫁。

六岁的时候，母亲将我和弟弟一起送进了小学。从此，我和他形影不离。初中、高中，始终在一个年级，一个班，我们总是相互鼓励、共同进步。

1994年夏天，家里同时收到了两份大学录取通知书。全村都炸开了锅，我们一家人更是高兴得手舞足蹈。可是没兴奋多久，母亲便犯愁了。近万元的学费，对于我家来说，无疑是个天文数字。母亲卖了家里所有的猪、鸡、粮食，又翻山越岭东家西家去借，直到报到前几天，才凑了4000多块。

一天夜里，母亲把我和弟弟叫到一起，还没开口眼泪就流了出来："娃儿啊，你们双双考上大学我很高兴，可是，家里这个经济能力，即使娘去卖血，也只能供你们一个人去念书了……"

我和弟弟在一旁静静地听着，默不作声。许久，弟弟低声地说："姐姐去。"我看了看弟弟，他的脸涨得红彤彤的，一副义无反顾的模样。母亲用衣袖擦了擦眼泪，没有作声。

我对母亲说："还是让弟弟去吧，我始终是要嫁出去的。"我知道自己说这话有多么的言不由衷。上大学是我们农村孩子的唯一出路，我做梦都想跳出"农"门。

弟弟说："还是你去吧！我在家里多少算个劳动力，还能够帮娘下地干活，好供你读书。如果我去了，你们两个在家能够供我吗？"

争论了很久，还是没有决定。那个夜晚，外面很静，静得可以听见屋内每个人在床上辗转反侧的声音。

第二天，弟弟很早就起了床，他站在堂屋里说："娘，还是让姐姐去吧，她上了大学，将来才可以嫁个好人家。"声音不大，却足以让屋里的每个人听得流泪。

我和母亲起床后，在桌上发现了一堆纸末——是弟弟的录取通知书，已经被撕得粉碎。他帮全家人作了一个最后的决定。

送我上火车的时候，母亲和我都哭了，只有弟弟笑呵呵地说：“姐，你一定要好好读书啊！”听他的话，好像他倒比我大几岁似的。

1995年，一场罕见的蝗灾席卷了故乡，粮食颗粒无收。弟弟写信给我，说要到南方去打工。

弟弟跟着别人去了广州。刚开始，工作不好找，他就去码头做苦力，帮人扛麻袋和箱包。后来在一家打火机厂找了份工作，因为是计件工资，按劳取酬，弟弟每天都要工作十几个小时，这是后来和他一同去打工的老乡回来告诉我们的。弟弟给我写信从来都是报喜不报忧。

每个月，弟弟都会准时寄钱到学校，给我做生活费。后来干脆要我办了张牡丹卡，他直接把钱存到卡上去。每次从卡里提钱出来，我都会感觉到一种温暖，也对当初自己的自私心存愧疚和自责。

弟弟出去后的第一个春节，他没有回家，提前写信回来告诉我们，说春节车票不太好买，打工返乡的人又多，懒得挤，而且春节的时候生意比较忙，收入也会相对高一点。我知道，他哪里是懒得挤车，他是想多省点钱，多挣些钱，好供我读书啊！

弟弟后来又去了一家机床厂，说那边工资高一点。我提醒他："听说机床厂很容易出事的，你千万要小心一些。等我念完大学参加工作了，你就去报考成人高考，然后我挣钱供你读书。"

大学终于顺利毕业了，我很快就在城里找了份舒适的工作。弟弟打来长途电话祝贺我，并叮嘱我要好好工作。我让弟弟辞职回家复习功课，准备参加今年的成人高考，弟弟却说我刚参加工作收入肯定不多，他想再干半年，多挣一些钱才回去。我要求弟弟立即辞职，但弟弟坚持自己的意见，最后我不得不妥协。

我做梦都没想到，我的这次妥协却要了弟弟的命。

弟弟出事时，我正在办公室整理文件，电话铃响了，一口广东腔，隐隐约约听得出那边问我："你是黎兵的姐姐吗？"

"是，你有什么事吗？"

"你弟弟出事了。请你们马上过来一趟。"

我的脑袋"嗡"的一下就大了。赶忙问出了什么事？那边说，由于机床控制失灵，黎兵被齿轮轧去了上身半边，正在医院抢救。

我和母亲连夜坐火车赶赴广州。当我们踉踉跄跄地闯进医院时，负责照顾弟弟的工友告诉我们，弟弟已经抢救无效，离开人世了。母亲当时就晕倒在地上。

在医院的停尸房见到了弟弟的遗体。左边肩膀、胸部连同手臂已经不在了，黑瘦的脸部因为痛苦而严重变了形，那种惨状让人几度晕厥。

弟弟生前的同事告诉我们，在医院抢救之际，弟弟还要我们千万别通知家人，他说不想让我们担心。

清理弟弟的遗物时，在抽屉里发现了两份人身意外伤亡保险，受益人分别是母亲和我。

母亲拿着保险单呼天抢地："兵娃啊，娘不要你的钱，娘要这么多钱干啥啊！娘要你回来！你回来啊……"

还有一封已经贴好邮票的信，是写给我的：姐，就快要过春节了，已经三年没有回家，真的很想念你们。现在，你终于毕业参加工作了，我也可以解甲归田了……

弟弟走了很久，我和母亲都无法从悲痛中走出来。不知道天堂有没有成人高考，但是每年，我都会给弟弟烧一些高考资料去，我想让他在天堂里上大学。

The world rushes on over the strings of the lingering heart making the music of sadness.

Last Expression

Title /最后的告白

Author /[美]Jim Wills

当我还是一只小狗的时候，我的顽皮滑稽每每惹来你的笑声，为你带来欢乐。虽然家里的鞋子和枕头都被我咬得残缺不全，你依然把我视作你最好的朋友，甚至把我唤作你的孩子。就算我调皮捣蛋，你总会对着我摇摇手指说：“你怎么可以这样呢？”不过最后你都会向我投降，玩闹着搓我的肚皮。

你忙碌的时候，百无聊赖的我只好把家里弄得一团糟。我无声的抗议对你总是管用的。每晚睡觉前我都会跳到你的床上，倚着你撒娇，听你细诉自己的梦想和秘密。我们常常到公园散步、追逐，偶尔也会乘车兜兜风。每天午后我都会在斜阳下打盹，准备迎接你回家。这些日子，我确信是我一生中最快乐的时光。

渐渐地，你把更多的时间花在工作上，再花更多时间去找寻你的另一半。无论你怎样繁忙，怎样烦恼，我都会耐心守候你，陪你度过每个绝望心碎的日子，并支持你的每一个选择……尽管有时是糟透了的决定。无论发生什么事，每天你踏进家门，我都会一样兴奋地扑向你，迎接你回家。

终于，你谈恋爱了，我为你感到无比欣慰。你的她……你现在的妻子……并不是爱狗之人，对我总有点冷漠，但我还是衷心地欢迎她到家里来。对她我也绝对服从，偶尔还会撒撒娇，我要让她知道我也很爱她。

后来你们添了小娃娃，我也跟你一样万分雀跃。我被他们精致的面孔、他们的一颦一笑感染了，我真想疼他们一下，好想像爱你般爱你的孩子，然而你和你的妻子却深怕我弄伤他们，整天把我关在门外，甚至把我关到笼子里去。

孩子们慢慢长大了，我也成了他们的好朋友。他们喜欢抓着我的毛皮蹒跚地站起来，喜欢用幼小的指头戳我的眼睛，喜欢为我检查耳朵，也喜欢吻我的鼻子。

我尤其喜欢他们的抚摸……因为你已经很少触摸我了。有时候我会跳上他们的床，倚着他们撒娇，细听他们的心事和小秘密，一起等待你回家。我喜欢他们的一切一切。为了保护他们，我甚至愿意牺牲自己的性命。我总是深信你的快乐就是我的快乐，这样的想法，令我最终成了“爱的俘虏”。

曾几何时，人们问起你家里有没有宠物时，你总是毫不迟疑地从包里掏出我的照片，向他们娓娓道出我的轶事。可是，近几年有人问起同一个问题，你却只是冷冷地回答“是”，随即就转向别的话题。我已经从“你的狗儿”变成只是“一条狗”了，甚至对我的开支你也变得吝啬起来。后来你的仕途来了个新转机，你可能要到另一个城市里工作，移居到一幢不许豢养宠物的公寓去。终于，你为“家庭”作出正确的抉择。可是，你是否还记得，曾几何时我就是你“家庭”的诠释？

你的车子出发了。我不明真相，还在旅途中充满期待。终于我们抵达的是一家动物收容所。里面传来不只是猫儿和狗儿的气味，还有恐惧、绝望的气味。你边写着文件边对那里的人说：“我知道你们一定可以为它找个好归宿的。”看着你，他们耸耸肩，露出一个很难过的神情。对于这里的老犬最终会走的路，他们了如指掌。纵使老犬们身怀着各种各样的证书，又如何？

你的儿子紧抓着我的颈圈，哭喊着：“不要！爸爸，求你别让他们带走我的狗儿！”你狠下心去撬开他的小手指，直至他再也触不到我。我担心他，更担心你教给他的人生课：什么是友情、什么是忠诚、什么是爱、什么是责任、什么是……对生命的尊重！

你终于要走了。你躲开我的目光，最后一次轻轻拍我的头说再见。你礼貌地婉拒了保留我的颈圈及拉绳的权利，头也不回地走了。

我知道你有你的期限，我也知道自己的期限将至。

这里的人整天忙得团团转。但倘若时间许可，他们总会抽空照料我们。在这里我食物不缺，可是这几天以来我已食不下咽。

最初每当有人经过这牢笼，我都会满心期待地跑过去，以为是你回心转意来把我接回去。后来我退而求其次，只盼望有谁会来救救我，或者只是关心一下，我就心满意足了。更多更多的小狗被送到这里来，我这条老狗唯有撤退到最远的一角。可悲的是它们仍天真活泼，似乎对将要面对的命运毫无知觉。

这一天我听到她的脚步声，一步一步迎着我而来；我知道这一天终于来临了。她带着我轻轻走过长廊，走进一间异常寂静的密室里。她把我轻轻地放在一张桌子上，揉着我的耳朵叫我不要担心。我清楚地听到我的心因为预期即将发生的事而猛烈跳动，可是同时脑子里却隐隐浮现出一种解脱的感觉。

但是本性使然，我能感到她肩上担负着十分沉重的担子，就像我能感应你一切的喜怒哀乐一样。她温柔地在我的前腿套上止血带，我也温柔地舐她的手，犹如许多年以前我在你悲伤的时候安慰你一样。然后，她熟练地把注射针插入我的静脉里。一阵刺痛以后，一股冷流走遍我的全身。我开始晕眩，我感到倦了，躺下了。我看着她慈悲的眼睛，我喃喃地说："你怎么可以这样呢？"

她好像听懂了我的话，拥着我连声道歉。并急忙解释她必须要这样做以保证能带我到一个更好的地方，一个充满爱和光明，跟尘世完全不同的世界，在那里我不会再受冷落、遭遗弃、被欺凌，不用再到处闪躲，不需再自谋生存……

可我不相信，我的眼泪不争气地流了出来。我用尽全身最后一丝力气向她摇了摇尾巴，我竭力想让她知道这句"你怎么可以这样呢？"并不是对她说的，对象其实是你……我最爱的主人。我想念你，我会永远怀念你，永远等待你。我只希望你生命中的每一个人也可以同样忠诚地对待你……

别了，我最爱的主人。

Like the meeting of the seagulls and the waves we meet and come near.The seagulls fly off, the waves roll away and we depart.

Jinbao

Title /金宝

Author /佚名

那年冬天，他用自己的棉衣把那个女娃裹回家里时，遭到了史无前例的怒骂。这个家本就不富裕，而他们已经有了两个儿子，一家四口靠着他在镇上做临时电工的那点微薄收入勉强维持生计。她指着他的鼻子喊，要么你在哪里捡的还送回哪里去，要么你就别回来了。

小镇的冬夜，寒冷而寂静。他怀里抱着孩子，在镇卫生院门前走来走去。当他终于下定决心把孩子放回那张长椅时，躲在他棉衣下的女娃竟然对着他笑了一下。他心一惊，不，不能把这娃娃扔掉，这是一条命啊！她只好妥协了。从此，他是爹，她是娘，而这个女娃娃，随他的姓，叫金宝。

金宝无法喝米汤，喝进去就会吐出来，小脸苍白。他急得抱着她在地上团团转，是啊，她需要母乳的营养，而不是米汤的粗糙。他小心翼翼地抱着她，一点一点地在结了冰的地上蹭到后村，后村有刚刚生完孩子的人家。

可人家拒绝喂奶给金宝，自己家的孩子奶水还不够吃，怎么能喂给一个不知亲爹娘是谁的野孩子。他几乎是被人家推出房门的，在对方关门的一刹那，他一只手抱着她，一只手插进门缝中，门紧紧地夹住了他的手，门又缓缓地开了。他收回痛得失去知觉的手，“扑通”一声跪在地上。

金宝满足地吃到了母乳，而她如此年幼，怎会知道，爹的那只右手，整整一个月无法正常工作。有几次，险些出了事故。

从此，他成了远近的名人，因为他抱着她，几乎求遍了附近所有在哺乳期的妈妈，也几乎是跪遍了村里村外。为了报答人家，谁家有事他都会去帮忙，比如谁家屋顶漏水，谁家结婚，谁家出殡……

金宝6岁了，常常偎在他的怀里，被他的胡子扎得咯咯笑。两个哥哥上学了，她就缠着爹陪她玩。他跪在地上，双手着地，她骑在他的背上，喊着驾驾驾，大马快跑。他就在自家屋里的砖地上，双手双腿着地向前爬。娘说，不许让你爹当马，你爹有风湿病。

他知道，他再陪着金宝玩，也没有金宝和孩子们在一起时开心。他节省了自己的午饭钱，买了糖果，分给邻居家的孩子，央求，你们带金宝玩，我给你们糖吃。

吵架时，其他孩子骂她：金宝丢丢，没有爹娘。她大声辩驳，我有爹娘。孩子们嬉笑着跑开，你爹不是你亲爹，你娘也不是你亲娘。

她哭了，擦着眼泪，对自己说，爹是亲爹，爹会当大马。他让她坐在他腿上，说，你看，你大哥叫金石，你二哥叫金锁，只有你叫金宝，为啥？因为你是爹的宝贝疙瘩。说着抱起她一起照镜子，你看你和爹长得多像，要不是亲爹，你能长得这么漂亮吗？

她破涕为笑。尽管年幼的她看不出自己与爹长得像不像，但她坚信，她是爹的宝贝疙瘩。如果爹不是亲爹，自己就不能长得这么漂亮。

金宝7岁那年，爹和娘为了让不让她上学而发生争吵。娘说，女娃读书有什么用？爹说，金宝必须读书，进城做有出息的人。已经供了两个哥哥，家里没有钱再交金宝的学费。爹打算出去借，娘挡在门前不允许，他用力地把娘推倒在地，在娘的哭声中，挨家挨户地借到了钱。

爹把她送到学校，一遍遍地嘱咐她，好好读书，以后做有出息的人。她用力地点头，虽然她不知道什么叫有出息，但她知道，等有了钱，她一定要给爹买这世上最好的酒喝。

九月的小镇，骄阳似火。她下了课后，看见爹蹲在教室外，衣服被汗水沾湿在身上，嘴唇干裂。他说，爹怕你第一天上课不习惯，爹这就回。

也就是那天，她第一次发现，爹走路时，腿是微微弯曲的，背也是驼的。而那年，爹刚40岁。

她放学回家，家里坐着两位衣着光鲜的城里人。城里女人一见到她，就奔过来拥住她，有些语无伦次，孩子，妈妈对不起你，孩子，你长大了……她挣脱出来，藏在爹背后，爹把她拉过来，金宝，他们才是你亲爹娘。跟他们回城里，那才是你的家。她不依，死死抱着爹，喊着，爹骗我，你是我亲爹。爹转过身去，再也说不出话来。

她被城里男人抱上了那辆小轿车，她拼命地挣扎，爹，我要不是你亲生的，能长得这么漂亮吗？爹……

挣扎中，她见到的是娘扶着门框抹着眼泪，两个哥哥追了出来。而爹，给她的只是一个冷冰冰的背影。

她进了城，住进了楼房。他们告诉她，那年有了她时，父母还没有结婚，是没办法才把她放在镇卫生院的长椅上，可这么多年来，父母一直在寻找她。她捂着耳朵，哭哑了嗓子，她不想知道这些，她只知道自己那么那么想念着爹。

可是，这一切都改变不了一个现实。那就是，要叫城里男人为爸爸，城里女人为妈妈，而她自己，被改了名字，叫杨阳。

金宝的亲生父母留下三万块钱算是抚养费，余下的两万会分期寄过来。他本是不要这钱的，可他们走前把装着钱的包扔在了院子里。他把那钱收好，说必须还给他们，让他们用这钱供金宝读大学。

他整夜整夜地失眠，闭上眼睛就是金宝的影子。

他做工时，听到一个女娃的声音喊爹，像极了金宝的声音。一走神，手里的电钻打偏方向，反弹回来的石子飞速地崩进了他的左眼。镇卫生院没有这样的医疗条件，转到县里时，左眼已经保不住了。失去左眼的同时，他失去了工作，只拿到了临时工那点少得可怜的抚恤金和伤残费。

城里寄来第一张汇款单时，他就决定把所有的钱都送回去。进了城，按照汇款单上的地址找到了金宝现在的家。他蹲在楼下等。他等来了那辆黑色的小轿车，是金宝的父亲，他迎上去，与此同时，金宝和她的母亲从车里下来。金宝看到他，一下冲过来抱住他，爹，爹，金宝想你啊！金宝看到他的眼睛，哭得更凶了，他摸着她的头，爹有右眼，爹还能看得见我漂亮的金宝。

爹把钱强行塞给他们，说，拿这钱供金宝读书，让她做有出息的人。然后再次狠心甩开金宝，弯着腿，驼着背，跑开了。他拼命跑着，跑到听不见金宝的哭声时，停下来，才发现竟然跑丢了一只鞋。四十几岁的汉子，蹲在马路上，失声痛哭。

他总是进城，偷偷地看上一眼金宝，金宝并不知道，这么多年，爹一直在默默地看着她长大。终于有一天，当她和一群同学走出校门时，看到了树下的他。只是6年，她当然不会忘记。可6年的城市生活，却足以让一个女孩子变得虚荣。

他知道她看到了他，于是迎了上来，还带着右眼的泪水。同学问，杨阳，你认识他吗？他就站在她面前，他竟然紧张了，掌心渗出汗水来，他多希望她能像小时候一样，坚定而骄傲地说，这是我爹。

可是，她却摇了摇头，说了句，不认识！

26岁的杨阳在市医院工作，是药剂室的一名医生。儿时的事情尽管未曾全部忘记，毕竟十几年过去了，那些模糊的记忆偶尔也会翻出，可很快就会散去。

那天，她像以往一样从窗口接过药方，按照药方取药给患者。递来的药方上，写着的名字是，金胜利。她微微一怔，抬头，窗口很高，只能看见患者的头，她看得清楚，那只萎缩的左眼和已经花白的头发。

药方上写着“氨酚待因”两盒。她取药的手止不住地抖。这是一种抵抗癌症疼痛或大手术后疼痛的强效镇痛药，那么，他为什么要买这种药？她戴了口罩，穿着白大褂，他看不到她，拿了药，走到大厅的椅子前坐下。这次他是偷着跑出来的，因为他怕孩子们和孩子他娘惦记，他的病又重了，不依靠城里的这种镇痛药，是忍不过去的。

她打了电话给开药方的医生，对方麻木地说出三个字：食道癌。

她走过去时，泪水已经模糊了视线。他正在用自带的水吃药，看了看依旧戴着口罩的她，并未认出，他低下头，把自己的药盒揣进口袋，起身准备离开。

她一步步跟出去，在医院门外，她终于喊了声“爹”，声音哽咽，却坚定，我要不是你亲生的，能长得这么漂亮吗？爹！

他大口大口地喘着粗气，没有回头，浑浊的泪顺着右眼滚落。能够对他说这句话的，除了他的金宝，还能有谁呢？

The mind, sharp but not broad, sticks at every point but does not move.

Destiny

Title /命运的死结

Author /芦荻

一个个无情的误解，纷乱了幸福的脚步。

当命运的死结终于用代价打开，一切都为时已晚。

接婆婆来家安度晚年，结果却背离我们的初衷。

结婚二年后，先生跟我商量把婆婆从乡下接来安度晚年。先生很小时父亲就过世了，他是婆婆唯一的寄托，婆婆一个人扶养他长大，供他读完大学。“含辛茹苦”这四个字用在婆婆的身上，绝对不为过！我连连说好，马上给婆婆收拾出一间南向带阳台的房间，可以晒太阳，养花草什么的。先生站在阳光充足的房间，一句话没说，却突然举起我在房间里转圈，在我张牙舞爪地求饶时，先生说："接咱妈去。"

先生身材高大，我喜欢贴着他的胸口，感觉娇小的身体随时可被他抓起来塞进口袋。当我和先生发生争执而又不肯屈服时，先生就把我举起来，在脑袋上方摇摇晃晃，一直到我吓得求饶。这种惊恐的快乐让我迷恋。

婆婆在乡下的习惯一时改不掉。我习惯买束鲜花摆在客厅里，婆婆后来实在忍不住了："你们娃娃就不知道节约吗？"

我笑着说："妈，家里有鲜花盛开，人的心情会好。"

婆婆低着头嘟哝，先生就笑："妈，这是城里人的习惯，慢慢的，你就习惯了。"

婆婆不再说什么，但每次见我买了鲜花回来，依旧忍不住问花了多少钱，我说了，她就"啧啧"咂嘴。

有时，见我买大包小包的东西回家，她就问这个多少钱那个多少钱，我一一如实回答，她的嘴就咂得更响了。

先生拧着我的鼻子说："小傻瓜你别告诉她真实价钱不就行了吗？"

然而，快乐的生活渐渐有了不和谐音。

婆婆最看不惯我先生起来做早餐。在她看来，大男人给老婆烧饭，哪有这个道理？早餐桌上，婆婆的脸经常阴着，我装作看不见。婆婆便把筷子弄得丁当乱响，这是她无声的抗议。

我在少年宫做舞蹈老师，跳来跳去已经够累的了，早晨暖洋洋的被窝，我不想扔掉这唯一的享受，于是，我对婆婆的抗议装聋作哑。婆婆偶尔帮我做一些家务，她一做我就更忙了。比如，她把垃圾袋通通收集起来，说等攒够了卖废塑料，搞得家里到处都是废塑料袋；她不舍得用洗洁精洗碗，为了不伤她的自尊，我只好偷偷再洗一遍。

一次，我晚上偷偷洗碗被婆婆看见了，她“啪”的一声摔上门，趴在自己的房间里放声大哭。先生左右为难，事后，先生一晚上没跟我说话，我撒娇，耍赖，他也不理我。我火了，问他：“我究竟哪里做错了？”

先生瞪着我说：“你就不能迁就一下，碗再不干净也吃不死人吧？”

后来，好长一段时间，婆婆不跟我说话，家里的气氛开始逐渐尴尬。那段日子，先生活得很累，不知道要先逗谁开心才好。

婆婆为了不让儿子做早餐，义无反顾地承担起烧早饭的“重任”。婆婆看着先生吃得快乐，再看看我，用眼神谴责我没有尽到做妻子的责任。为了逃避尴尬，我只好在上班的路上买包牛奶打发自己。睡觉时，先生有点生气地问我：“芦荻，是不是嫌弃我妈做饭不干净才不在家吃？”翻了一个身，他扔给我冷冷的脊背任凭我委屈的流泪。最后，先生叹气，“芦荻，就当是为了我，你在家吃早餐行不行？”我只好回到尴尬的早餐上。

那天早晨，我喝着婆婆烧的稀饭，忽然一阵反胃，肚子里所有的东西都抢着向外奔跑，我拼命地压制着不让它们往上涌，但还是没压住，我扔下碗，冲进卫生间，吐得稀里哗啦。当我喘息着平定下来时，见婆婆夹杂着家乡话的抱怨和哭声，先生站在卫生间门口愤怒地望着我，我干张着嘴巴说不出话，我真的不是故意的。我和先生开始了第一次激烈的争吵，婆婆先是瞪着眼看我们，然后起身，蹒跚着出门去了。先生恨恨地瞅了我一眼，下楼追婆婆去了。

意外迎来新生命，却突然葬送了婆婆的性命！

整整三天，先生没有回家，连电话都没有。我正气着，想想自从婆婆来后，我够委屈自己了，还要我怎么样？莫名其妙的，我总想呕吐，吃什么都没有胃口，加上乱七八糟的家事，心情差到了极点。后来，还是同事说："芦荻，你脸色很差，还是去医院看看吧。"

医院检查的结果是我怀孕了。我明白了那天早晨我为什么突然呕吐，幸福中夹着一丝幽怨：先生和作为过来人的婆婆，他们怎么就丝毫没有想到这点呢？

在医院门口，我看见了先生。仅仅三天没见，他憔悴了许多。我本想转身就走，但他的模样让我心疼，没忍住，我喊了他。先生循着声音看见了我，却好像不认识了，眼神里有一丝藏不住的厌恶，它们冰冷地刺伤了我。我跟自己说不要看他不要看他，伸手拦了一辆出租车。那时，我多想向先生大喊一声："亲爱的我要给你生宝贝了！"然后被他举起来，幸福地旋转。我希望的没有发生。在出租车里，我的眼泪才迟迟地落下来。为什么一场争吵就让爱情糟糕到这样的程度？回家后，我躺在床上想先生，想他满眼的厌恶。我握着被子的一角哭了。

夜里，家里有翻抽屉的声音。打开灯，我看见先生泪流满面的脸。他正在拿钱。我冷冷地看着他，一声不响。他对我视若不见，拿着存折和钱匆匆离开。或许先生是打算彻底离开我了。真是理智的男人，情与钱分得如此清楚。我冷笑了几下，眼泪"哗啦哗啦"地流下来。

第二天，我没去上班。想彻底清理一下自己的思绪，找先生好好谈一次，找到先生的公司，秘书有点奇怪地看着我说："陈总的母亲出了车祸，正在医院里呢。"

我瞠目结舌。

飞奔到医院，找到先生时，婆婆已经去了。先生一直不看我，一脸僵硬。我望着婆婆干瘦苍白的脸，眼泪止不住：天哪！怎么会是这样？直到安葬了婆婆，先生也没跟我说一句话，甚至看我一眼都带着深深的厌恶。

关于车祸，我还是从别人嘴里了解到大概，婆婆出门后迷迷糊糊地向车站走，她想回老家，先生越追她走得越快，穿过马路时，一辆公交车迎面撞过来……

我终于明白了先生的厌恶，如果那天早晨我没有呕吐，如果我们没有争吵，如果……在他的心里，我是间接杀死他母亲的罪人。

先生默不作声地搬进了婆婆的房间，每晚回来都满身酒气。而我一直被愧疚和可怜的自尊压得喘不过气来，想跟他解释，想跟他说我们快有孩子了，但看着他冰冷的眼神，又把所有的话都咽了回去。我宁愿先生打我一顿或者骂我一顿，虽然这一切事故都不是我的过错。

日子一天一天地窒息着重复下去，先生回家的时间越来越晚。我们僵持着，比陌路人还要尴尬。我是系在他心上的死结。

一次，我路过一家西餐厅，穿过透明的落地窗，我看见先生和一个年轻女孩面对面坐着，他轻轻地为女孩拢了拢头发，我就明白了一切。先是呆，然后我进了西餐厅，站在先生面前，死死盯着他看，眼里没有一滴泪。我什么也不想说，也无话可说。女孩看看我，看看我先生，站起来想走，我先生伸手按住她，然后，同样死死地，绝不示弱地看着我。

我只能听见自己缓慢的心跳，一下一下跳动在濒临死亡般的苍白边缘。

输了的是我，如果再站下去，我会和肚子里的孩子一起倒下。

那一夜，先生没回家，他用这样的方式让我明白：随着婆婆的去世，我们的爱情也死了。先生再也没有回来。有时，我下班回来，看见衣橱被动过了——先生回来拿一点自己的东西。我不想给他打电话，原先还有试图向他解释一番的念头，如今一切都彻底失去了意义。

我一个人生活，一个人去医院体检，每每看见有男人小心地扶着妻子去做体检，我的心便碎得提不起样子。同事劝我打掉算了，我坚决说不，我发疯了一样要生下这个孩子，也算对婆婆的死的补偿吧，我下班回来，先生坐在客厅里，先生看着我，眼神复杂，和我一样。

我一边解大衣扣子一边在心里对自己说："不哭不哭……"眼睛很疼，但我不让它们流出眼泪。

挂好大衣，先生的眼睛死死盯在我已隆起的肚子上。我笑笑，走过去，拖过那张纸，看也不看，签上自己的名字，推给他。"芦荻，你怀孕了？"

自从婆婆出事后，这是先生第一次跟我说话。我再也管不住眼睛，眼泪"哗啦"地流下来。我说："是啊，不过没事，你可以走了。"

先生没走，黑暗里，我们对望着。

先生慢慢趴在我身上，眼泪渗透了我衣服。而在我心里，很多东西已经很远了，远到即使我奔跑都拿不到了。不记得先生跟我说过多少遍"对不起"了，我也曾经以为自己会原谅，却不能，在西餐厅先生当着那个女孩的面，他看我的冰冷的眼神，这辈子，我忘记不了。我们在彼此心上划下了深深的伤痕。我的，是无意的；他的，是刻意的。

期待冰释前嫌，但过去的已无法重来！

除了想起肚子里的孩子时心里是暖的，而对先生，我心冷如霜，不吃他买的任何东西，不要他的任何礼物，不跟他说话。从在那张纸上签字起，婚姻以及爱情统统在我的心里消亡。有时先生试图回卧室，他来，我就去客厅，先生只好睡回婆婆的房间。夜里，从先生的房间有时会传来轻微的呻吟，我一声不响。这是他习惯玩的伎俩，以前只要我不理他了，他就装病，我就会乖乖投降，关心他怎么了，他就一把抓住我哈哈大笑。他忘记了，那时，我会心疼是因为有爱情，现在，我们还有什么?

先生的呻吟断断续续持续到孩子出生。他几乎每天都在给孩子买东西，婴儿用品，儿童用品，以及孩子喜欢的书，一包包的，快把他的房间堆满了。

我知道他是用这样的方式感动我，而我已经不为所动。他只好关在房间里，在电脑上"噼哩啪啦"敲字，或许他正在网恋，但对我已经是无所谓的事了。

转年春末的一个深夜，剧烈的腹痛让我大喊一声，先生一个箭步冲进来，好像他根本就没脱衣服睡觉，为的就是等这个时刻的到来。先生背起我就往楼下跑，拦车，一路上紧紧地攥着我的手，不停地给我擦掉额上的汗。到了医院，背起我就往产科跑。趴在他干瘦而温暖的背上，一个念头忽然闯进心里：这一生，谁还会像他这样疼爱我?

先生扶着产房的门，看着我进去，眼神暖融融的，我忍着阵痛对他笑了一下。从产房出来，先生望着我和儿子，眼睛湿湿地笑啊笑啊的。我摸了一下他的手。先生望着我，微笑，然后，缓慢而疲惫地软塌塌倒下去。

我痛喊他的名字……

先生笑着，没睁开疲惫的眼睛……

我以为再也不会为先生流一滴泪，事实却是，从没有过如此剧烈的疼撕扯着我的身体。医生说，我先生的肝癌发现时已是晚期，他能坚持这么久是绝对的奇迹。

我问医生什么时候发现的？医生说五个月前，然后安慰我："准备后事吧。"

我不顾护士的阻拦，回家，冲进先生的房间打开电脑，心一下子被疼窒息了。

先生的肝癌在五个月前就已发现，他的呻吟是真的，我居然还以为……

电脑上的20万字，是先生写给儿子的留言：

孩子，为了你，我一直在坚持，等着看你一眼再倒下，是我现在最大的愿望……我知道，你的一生会遇到很多快乐或者挫折，如果我能够陪你经历这个成长历程，该是多么快乐，但爸爸没有这个机会了。爸爸在电脑上，把你一生可能遇到的问题一一地写下来，等你遇到这些问题时，可以参考爸爸的意见……

我最最亲爱的孩子，写完这20多万字，我感觉像陪你经历了整个成长过程。真的，爸爸很快乐。好好爱你的妈妈，她很辛苦，她是最爱你的人，也是我最爱的人……

从儿子去幼儿园到读小学，读中学，大学，到工作以及爱情等方方面面，先生事无巨细都写到了。

先生也给我写了信：

亲爱的，娶了你是我一辈子最大的幸福，原谅我对你的伤害，原谅我隐瞒了病情，因为我想让你有个好的心情等待孩子的出生……亲爱的，如果你哭了，说明你已经原谅我了，我就笑了，谢谢你一直爱我……这些礼物，我担心没有机会亲自送给孩子了，麻烦你每年替我送他几份礼物，包装盒子上都写着送礼物的日期……

回到医院，先生依旧在昏迷中。我把儿子抱过来，放在他身边，我说："你睁开眼笑一下，我要让儿子记住他在你怀抱里的温暖……"

先生艰难地睁开眼，微微地笑了一下。儿子偎依在他怀里，舞动粉色的小手。

我"喀嚓喀嚓"按快门，泪水在脸上恣意地流……

To the world you may be one person,but to one person you may be the world.

The Everlasting Pharos

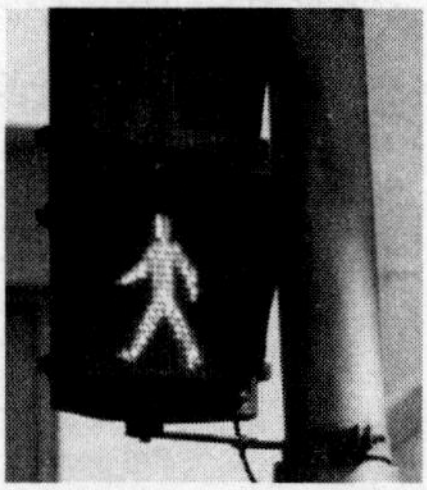

Title /爱是心中永恒的灯塔

Author /佚名

在墨西哥的大街上，萨拉黯然地走着，她身后拉着一只大皮箱，里面是她的全部衣物，她刚刚和相恋了三年的男友分手，现在正准备搬去新的住所。

在过马路时，一辆呼啸而过的汽车差点把她撞伤，司机从驾驶室里探出头来大骂："瞎子，不会看路啊！"萨拉吓了一跳，可是她知道司机骂得没错，她的确就快瞎了，年纪轻轻的她患上了视神经萎缩，视线已经越来越模糊了。

就因为这个，她决定和男友赫尔南德斯分手。虽然赫尔南德斯发誓不会嫌弃她、会照顾她。可是萨拉还是想要离开。

她不需要同情，不需要牺牲，更不忍心让心爱的人承受和一个盲人共度余生的痛苦。她宁愿独自一人沉入黑暗的深渊。

萨拉搬进了新家，一个空荡荡冷冰冰的房子，在这里默默等待黑暗的到来，有时她甚至会故意闭起眼，训练自己在黑暗中烧水、煮饭、洗澡……当被刀切到手、被热水烫得浑身起泡的时候，痛的不仅是她的身体，还有她的心。

有一天早上，她睁开眼，却发现四周不是清晨，而是黑夜。她终于意识到：自己彻底瞎了。坚强的萨拉没有哭，而是默默地穿衣服、做早饭，甚至还给花浇了水。

第二天，萨拉决定去取前几天送去干洗的衣服，可是回来的路上她就迷了路。就在她惊慌失措的时候，突然有一个稚嫩的声音在她身旁响起了："女士，我可以送你回家么？"

这是一个孩子的声音，萨拉如获救星，她迫不及待地说："太好了，我的家在……""我的小狗知道，"孩子神气地说，"它闻到你的气味就会找到你的家，让它送你回家好么？"

萨拉将信将疑，可小孩不由分说就把一根绳子塞到萨拉手里，接着就没了声音。萨拉牵着绳子，感到有一股力量牵引着自己，她只好跟着向前走。小狗不吵不闹，走得也不快不慢，过路口的时候好像还会看红绿灯。不一会儿，小狗停住了脚步，萨拉放开绳子用钥匙去开门，门开了，她真的到家了。

萨拉摸索着抱起这只可爱的小狗，摸摸它的脸，请它大吃了一顿，接着小狗就拖着绳子跑开了。

萨拉早听说过有一种特殊的导盲犬，是盲人生活的好伙伴，可是一只犬的培养费用很高，而墨西哥又相对落后，很少有盲人能享受有犬陪伴的待遇，她也同样不敢奢望。

不过，幸运还真的降临到了萨拉头上。一天，她接到了一个电话，对方说他们是墨西哥导盲犬培训基地，愿意为萨拉提供导盲犬引路服务，服务费很低。“您只需提前一天打这个电话预约，我们就会在指定时间把小狗系在您的门廊上，您回家后把绳子系在原处即可。”

这可真是再好不过了，自从眼盲以后，萨拉从来没有这样开心过。没过几天，她就计划去超市采购，并且提前一天预订了小狗。到了那天，萨拉心情有点忐忑，还好，一打开门，就摸到了系在门廊上的一根绳子。“嘿，宝贝儿。过来好么？”萨拉笑着逗引小狗，可是这只狗要么是受到过严格的训练，不可以和雇主亲密接触，要么就是真的很酷，总之它一声不叫，默默地开始引路了。

到了目的地，萨拉在超市门口大声问：“宠物可以进去么？”

保安人员马上友善地回答：“小姐，他不算，您可真会开玩笑。”超市对残疾人的体贴让萨拉心情愉快，在服务员热心的帮助下，她很快买好了自己需要的东西，不过在结账的时候，她遇到了点小小的困惑，因为收银员说她买了三瓶豆奶。“豆奶？”萨拉愣住了，她不喜欢豆腥气，以前赫尔南德斯为了她的营养健康，总是逼她在超市里买豆奶，这次自己竟然也下意识地拿了豆奶，些许伤感涌上了萨拉心头。

回家后，萨拉黯然把绳子拴在了门廊上。突然间，她开始想念赫尔南德斯，他是那么爱她，那么体贴，以至于直到现在，还能感受到他的气息就在自己周围温暖着自己。那一刻，她软弱极了，她真想回到赫尔南德斯的怀抱。

导盲犬的工作做得不错，它们从不闯进雇主房间，也不在雇主身上撒娇，它们只是默默引路，和萨拉相敬如宾。一天下午，萨拉又和导盲犬结伴出行，她在路上慢慢散步，突然听到有人在不远处叫：“嘿，很高兴遇到你，赫尔南德斯。”

赫尔南德斯？萨拉心慌了，她不想让赫尔南德斯看到自己现在狼狈的样子，她迅速掉过头，狠狠地拉着绳子，准备用最快的速度逃开。可就在她拉绳子的一瞬间，突然听到前方一个熟悉的声音：“哦，你拉痛我了。”

萨拉愣了，那不是赫尔南德斯的声音么？自己为什么会拉痛赫尔南德斯？赫尔南德斯是导盲犬？导盲犬就是赫尔南德斯？几秒钟之后，萨拉泪如雨下。“是你在我的购物筐里放了豆奶，对么？”这时，抽噎不止的萨拉感到有一双温暖的手紧紧地抱住了自己，手腕上还牵着一条绳索。赫尔南德斯用低沉的声音对萨拉说："我只想告诉你，我可以和你一起生活。"萨拉再也忍不住了，她把头埋在赫尔南德斯胸口，失声痛哭，多少天来的压抑和委屈烟消云散。

"我一直在附近看着你，你一个人出门太危险了。那天我看到有一只小狗送你回家，所以才出此下策……"

几个月后，萨拉和赫尔南德斯结婚了，在神坛面前，当神父宣布交换戒指的时候，他们却把一段红绳系在了对方的手腕上，因为他们知道，导盲犬只能为失明的人引路，而驱走心中的黑暗，却只能靠爱的力量……

Don't try to hard,the best things come when you least expect them to.

Right Here Waiting

Title /母亲是静候的小站

Author /佚名

自从父亲离开人世后，他就很少再回家了，尤其是近些年。偶尔，他也会想起那个独自待在家里，孤单且寂寞的继母。

他6岁时，父亲以感情不和，和母亲离了婚，受到挫折的母亲很快就去世了。

而父亲又给他娶回了一个继母。继母比母亲年轻漂亮很多，会讨好父亲。这一切让他觉得，继母就是导致父母离婚乃至母亲死去的罪魁祸首，因此，他开始对继母充满了怨恨，尽管继母一直对都他很好。

一年后，继母生了一个漂亮的妹妹，他心中的怨恨更深了。虽然，逐渐长大的妹妹总是跟在他身后，甜甜地哥哥长哥哥短地叫，但始终驱散不了他对继母的怨恨。

有一天，妹妹在和他一起玩耍的时候，不慎掉进了一个废弃的水井里，当时只要他开口叫人，妹妹是完全可以被救出来的。但，他迟疑了，心想，就让她在井里多喝几口水吧，然后再叫人把她救上来，好泄自己心头之恨。这么一想，他就先跑到一边玩去了，这一玩就把妹妹还在井里等人救的事给忘个精光了。等到继母问他，妹妹在哪里时，他才惊出一身冷汗。

面对妹妹紧闭的眼睛和僵硬的身体，继母只是一个劲儿地哭，全然忘了责骂他，这让他一下子内疚了起来。

失去女儿的继母，一如既往地操持着家务，只是，对他既不太冷也不太热，他对继母亦是。他和继母，只有父亲在的时候，才会偶尔彼此说上几句不冷不热的话。

日子就在这种不冷不热的气氛中进行着。后来，他考上大学，走上社会，远离了父亲和继母。见得少了，自然也就不用在情感上顾虑太多。他想，只要父亲在，他和继母就不会有什么纠葛。

可没想到的是，父亲却突然患上了癌症，父亲咽下最后一口气时，他正在往家里赶的路上。关于父亲临终前交代了些什么，他一点都不知道。办完父亲后事，同族的一个堂叔，把他拉到一边，说，你父亲死时最不放心的就是你继母，他说，自己在的时候，你看在他的面子上，待继母还可以，他这一走，就保不准……他知道父亲的意思，是要他待继母好一点。

为了让泉下的父亲心安，他也有意地向继母示好，更何况，他对继母也有很大的愧疚。虽然很少回去，但他也会隔三差五地给继母寄些钱，一年也会打上好几次电话，虽然通话很程序化、很简单，但毕竟都做过了。要不是这次公司临时派他南下出差，火车正好要在他家附近的一个小站停靠五分钟，他可能很难会想起这么多的往事。

小站越来越近了，他的心一下子敏感了起来。以前每次回家，父亲都会带着继母早早地站在站台上等他；每次走时，父亲和继母也同样会站在站台上，朝他使劲挥手。以前，他不在乎他们接送，尤其是继母。可今天不一样了，父亲没了，继母也不可能在。

他突然很想继母。继母也是母亲呀，继母在，他就不是一个没有母亲的孩儿……火车就在他的这种复杂思绪中，在小站戛然停下，他推开窗户，朝外看看。

这是寒冬腊月的凌晨四五点，长长的站台上，除了执勤的铁路交警，没有一个人，显得冷清而寂静，这让他更加伤感，他与故乡匆匆相遇，却又是这般的凄凉冷清。没有熟悉的亲人，也没有阳光的喧哗。

他在心里重重地叹了一口气，然后打算将视线收回，可就在这时，他突然看见前面的站台上，来了一个推着流动售货车的老妇人，她一边推着车，一边挨个敲乘客的窗口，以此来兜售车上的食品，老妇人的头被一块厚实的毛巾包裹着，显得非常孱弱。因为没有戴手套，她推车的双手被冻得通红、发肿。

买东西的人很少，因此，那老妇人很快就来到他的窗口前，就在他和老妇人对视的一刹那，他惊呆了，她居然是自己的继母！她怎么会变成这个样子？她又是何时在小站当起了小商贩？

与此同时，继母也很快认出了他，她情不自禁地说了一句，我在这卖了四年多的货，天天想看我儿，今天，今天真看到了……

还没有等他回应继母的话，火车已经开始缓缓启动了，此时的继母也一下子慌了，不再说话，而是拼命地朝他手里塞矿泉水、饼干、鸭爪、方便面，一边塞，一边推着车跟着火车跑。

可火车还是跑起来，弱小的继母很快就被甩开了，再也看不见了。就在那一刹那，他所有的矜持和自尊，轰然倒塌——他把头伸出窗外，朝继母的方向，大声地喊着：“妈——妈！”

Just because someone doesn't love you the way you want them to, doesn't mean they don't love you with all they have.

Death of The King

Title /豹王之死

Author /佚名

如果说，这世界上还有一种动物不是为了活着而活着的话，那便是猎豹。

作为上古猛兽剑齿虎的嫡传子孙，它们保留着一种桀骜的高傲，不屑像鬣狗般成群结党，懒得如狮子般使用群殴方式，自己便是自己，靠着笑傲草原的高速，在风驰电掣的奔跑中追逐着生命的延续。每一头猎豹，都是问心无愧的独行侠，哪怕饥肠辘辘，也永远不会和秃鹫争夺一丝腐渣和残肉。

然而，饥饿和势单力薄，使得它们数目锐减，截至2003

年，这群骄傲的完美主义者已不过15000头。而猎豹的死亡速度远远高于它们的繁殖速度——公猎豹精子率成活极低，每交配50次才能保证一枚卵子受精；母猎豹也总是眼高于顶地精心挑选着自己未来孩子的父亲——皮毛，体态，速度……从相识到成功交配需要长达6个月的熟悉过程。它们，就像隐居于古堡的贵族一般过着不为人知的精细生活。

动物学家们焦虑万分，绝不能让这种凝聚速度与美感的生物灭亡。于是，南非德瓦尔德猎豹研究中心成立了——这是全球唯一一个猎豹专业权威研究院。确切地说，它是一座猎豹繁殖基地。

阿加西是德瓦尔德中心的第一位客人，也是独一无二的贵宾，因为它是一头纯种的国王猎豹。普通猎豹斑纹是斑点状，国王猎豹的花纹则是和老虎一样的条纹状，这是典型的返祖现象——它们的祖先剑齿虎便是条纹状花纹。平均每一千头猎豹中才会有一头国王猎豹，全世界的国王猎豹数量只有15头。德瓦尔德中心的当务之急就是延续国王猎豹这一珍稀物种。

然而，对于恭候在德瓦尔德中心人工喂养得毛皮光滑，整天呆在阳光下打盹，优雅地小口嚼食新鲜牛肉的准嫔妃们，阿加西表现出极大的冷漠。在它心中，只有在草原追星逐月。用风一般速度获得鲜血滋润的母猎豹才有资格成为自己的女人。动物学家们试着将一头头猎豹放进阿加西的笼子，结果让人瞠目结舌——凡是春情荡漾得去撩拨阿加西的母猎豹全都被撕咬得遍体鳞伤，哀叫着在笼子的角落里缩成一团。

面对这样的意外，所有人都束手无策，可是如果将阿加西放归自然，动物学家们又于心不甘。于是，阿加西独霸着一个宽敞的笼子，过着至尊无上而又清心寡欲的生活，直到莲娜的出现。

莲娜是一头被动物学家们从死亡线上拉回来的母猎豹，那天，莲娜刚刚飞奔着扑倒一只迅捷的羚羊，一群投机的鬣狗就围了上去。鬣狗本就是草原上的强盗，最拿手就是夺取猎豹的猎物。面对鬣狗的围攻，别的猎豹早就放弃猎物逃之夭夭，可烈性如火的莲娜为了保护自己的成果和一群鬣狗“大打出手”。当动物学家们发现莲娜时，它已经奄奄一息了，可嘴里还死死叼着一条飞羚腿。

由于伤势严重，莲娜被独自关在阿加西旁边单独的笼子里，她一动不动地静卧在地上。可是，阿加西的鼻子忽然抽动了一下，它闻到了莲娜身上和鬣狗搏斗时沾染的猎狗口水的味道。这种味道，只有大无畏的猎豹身上才会拥有，这是一种至高无上的骄傲。它慢慢踱到靠近莲娜的笼边，就这样静静凝视着莲娜，眼中的坚冰，开始一点一点融化。

在动物学家们的精心治疗下，莲娜很快痊愈了，不过它对所有人依旧表现出强烈的野性和攻击力。对于别的母豹视为美食的新鲜牛肉它不屑一顾，只有将活蹦乱跳的羚羊扔进笼子，它才会进食。

对于与众不同的莲娜，阿加西的兴趣越来越大。它们隔着笼子，温柔地摩擦对方的鼻子，感情急剧升温了。

当中心将阿加西和莲娜合笼后，两只猎豹很快缠绵到一起，同起同宿，一起在活动场地奔驰，嬉戏……度过了半个月的快乐时光。

清晨，阿加西从睡梦中醒来，下意识去摩擦身边温暖的身躯，却摸了个空——莲娜不在了——昨夜，工作人员麻醉了它们，将它们分笼了。莲娜已经怀孕，而阿加西还有别的母猎豹等着它的滋润。

为了保证繁殖数量，动物学家对阿加西实行人工取精。使得中心12头猎豹怀孕了，加上莲娜，一共13头母猎豹。可阿加西根本不知道发生了什么事情，依旧一往情深地等待着与莲娜重聚的日子。

5个月后，莲娜生下了健康的小猎豹安西，条纹状的斑纹在阳光下熠熠生辉，莲娜爱怜的舔着安西，就像以往阿加西舔拭自己一样，它以为，自己产下的是阿加西独一无二的后代。

可是，随着隔壁笼子接二连三地产仔，莲娜的心被一次又一次撕裂了——产下的全都是漂亮条纹斑纹的小猎豹。中心只有阿加西有这样的遗传能力，阿加西对自己不忠？

与此同时，阿加西也被突如其来的惊恐搞得无所适从，它做梦也不会想到自己会成为众多新生小猎豹的父亲。它不知道莲娜看到这种情景会如何，它的确不能解释为何这些出生的小猎豹身上都带着毋庸置疑的自己的遗传烙印。

在这样的恐慌中，莲娜终于带着安西回到阿加西独居的笼子，阿加西压抑着自己按捺不住的狂喜，怯怯地一点点向莲娜靠近，莲娜一动不动，冷冷地盯着阿加西，仿佛，它是一个素昧平生的陌路人。

阿加西的热情一点一点地消退，它知道，莲娜已经完全误解了自己，可是，它自己都不知道该怎么解释这种荒唐局面。它怏怏地低下头，趴在地上，再也不敢看莲娜一眼，心里是无尽的委屈和郁闷。

忽然，笼内传出一阵凄厉的惨叫——莲娜咬住安西的脖子死命摔打——它不能容忍自己的爱情结晶只是花心丈夫众多遗珠中可有可无的一个，要得到就得到唯一的，要么，就索性不要！阿加西目瞪口呆地看着自己牵肠挂肚的孩子惨叫着被它的亲生母亲结束了生命，心，碎成一片一片……

动物学家赶来时一切都晚了，莲娜木然地缩在笼子一隅，眼中是一片空洞和绝望，漂亮的毛皮显得干枯黯淡，仿佛变成了一具只有躯壳的标本。阿加西小声呜咽着，舔拭着还未和自己亲近过的安西，一下一下舔在安西身上，湿漉漉的，不知道是口水还是泪水。

鉴于莲娜的伤害性举动，中心不敢收容它，麻醉它后放归了自然。

失去了莲娜的阿加西很快失去了以往英姿勃勃的模样，变得颓废而憔悴，再也无心打理自己引以为豪的皮毛，枯草。泥土。食物残渣在它的皮毛上肆意缠绕，它也不再威风凛凛的巡视自己的领地，甚至，不再进食。

束手无策的动物学家只得在将它麻醉后，放归克鲁帕草原。阿加西蹒跚在曾经意气风发的草原上，忽然，一股熟悉的味道扑进了鼻子——是莲娜。它发疯似的冲过去，迎接它的却是莲娜已经枯槁的尸体——自从亲口咬死了自己的孩子后，莲娜就已经再没打算活下去，它是饿死的，绝食而死！

阿加西长啸一声，温柔地嗅嗅莲娜的尸体，与莲娜并排趴到了一起——再也没人能把它们分开，再也没人能勉强它们了，也许，在天堂，它们能再次在云彩间开心地追逐嬉戏……

A Bowl of Yangchun Noodles

Title /一碗阳春面

Author /[日本]栗良平

对于面馆来说，最忙的时候，要算是大年夜了。北海亭面馆的这一天，也是从早就忙得不亦乐乎。

平时直到深夜十二点还很热闹的大街，大年夜晚上一过十点，就很宁静了。北海亭面馆的顾客，此时也像是突然都失踪了似的。

就在最后一位顾客出了门，店主要说关门打烊的时候，店门被咯吱咯吱地拉开了。一个女人带着两个孩子走了进来。六岁和十岁左右的两个男孩子，一身崭新的运动服。女人却穿着不合时令的斜格子的短大衣。

“欢迎光临！”老板娘上前去招呼。

“呃……阳春面……一碗……可以吗？”女人怯生生地问。那两个小男孩躲在妈妈的身后，也怯生生地望着老板娘。

“行啊，请，请这边坐，”老板娘说着，领他们母子三人坐到靠近暖气的二号桌，一边向柜台里面喊着，“阳春面一碗！”

听到喊声的老板，抬头瞥了他们三人一眼，应声答道：“好咧！阳春面一碗——”

案板上早就准备好的，堆成一座座小山似的面条，一堆是一人份。老板抓了一堆面，继而又加了半堆，一起放进锅里。老板娘立刻领悟到，这是丈夫特意多给这母子三人的。

热腾腾香喷喷的阳春面放到桌上，母子三人立即围着这碗面，头碰头地吃了起来。

“真好吃啊！”哥哥说。

“妈妈也吃呀！”弟弟挟了一筷子面，送到妈妈口中。

不一会，面吃完了，付了150元钱。

“承蒙款待。”母子三人一起点头谢过，出了店门。

“谢谢，祝你们过个好年！”老板和老板娘应声答道。

过了新年的北海亭面馆，每天照样忙忙碌碌。一年很快过去了，转眼又是大年夜。

和以前的大年夜一样，忙得不亦乐乎的这一天就要结束了。过了晚上十点，正想关门打烊，店门又被拉开了，一个女人带着两个男孩走了进来。

老板娘看到那女人身上的那件不合时令的斜格子短大衣，就想起去年大年夜那三位最后的顾客。

“……呃……阳春面一碗……可以吗？”

“请，请里边坐，”老板娘将他们带到去年的那张二号桌，“阳春面一碗——”

“好咧，阳春面一碗——”老板应声回答着，并将已经熄灭的炉火重新点燃起来。

“喂，孩子他爹，给他们下三碗，好吗？”

老板娘在老板耳边轻声说道。

“不行，如果这样的话，他们也许会尴尬的。”

老板说着，抓了一人半份的面下了锅。

桌上放着一碗阳春面，母子三人边吃边谈着，柜台里的老板和老板娘也能听到他们的声音。

“真好吃……”

“今年又能吃到北海亭的阳春面了。”

“明年还能来吃就好了……”

吃完后，付了150元钱。老板娘看着他们的背影，“谢谢，祝你们过个好年！”

这一天，被这句说过几十遍乃至几百遍的祝福送走了。

随着北海亭面馆的生意兴隆，又迎来了第三年的大年夜。

从九点半开始，老板和老板娘虽然谁都没说什么，但都显得有点心神不定。十点刚过，雇工们下班走了，老板和老板娘立刻把墙上挂着的各种面的价格牌一一翻了过来，赶紧写好“阳春面150元”，其实，从今年夏天起，随着物价的上涨，阳春面的价格已经是200元一碗了。

二号桌上，早在30分钟以前，老板娘就已经摆好了“预约席”的牌子。

到了十点半，店里已经没有客人了，但老板和老板娘还在等候着那母子三人的到来。他们来了。哥哥穿着中学生的制服，弟弟穿着去年哥哥穿的那件略有些大的旧衣服，兄弟二人都长大了，有点认不出来了。母亲还是穿着那件不合时令的有些褪色的短大衣。

“欢迎光临。”老板娘笑着迎上前去。

“……呃……阳春面两碗……可以吗？”母亲怯生生地问。

“行，请，请里边坐！”

老板娘把他们领到二号桌，一边若无其事地将桌上那块预约牌藏了起来，一边对柜台喊道：“阳春面两碗！”

"好咧，阳春面两碗——"

老板应声答道，把三碗面的分量放进锅里。

母子三人吃着两碗阳春面，说着，笑着。

"大儿，淳儿，今天，我做母亲的想要向你们道谢。"

"道谢？向我们？为什么？"

"实在是，因为你们的父亲死于交通事故，生前欠下了八个人的钱。我把抚恤金全部还了债，还不够的部分，就每月五万元分期偿还。"

"这些我们都知道呀。"

老板和老板娘在柜台里，一动不动地凝神听着。

"剩下的债，本来要到明年三月还清，可实际上，今天就已经全部还清了。"

"啊，这是真的吗，妈妈？"

"是真的。大儿每天送报支持我，淳儿每天买菜烧饭帮我忙，所以我能够安心工作。因为我努力工作，得到了公司的特别津贴，所以现在能够全部还清债款。"

"好啊！妈妈，哥哥，从现在起，每天烧饭的事还是我包了！"

"我也继续送报。弟弟，我们一起努力吧！"

"谢谢，真是谢……谢……"

"我和弟弟也有一件事瞒着妈妈，今天可以说了。这是在十一月的星期天，我到弟弟学校去参加家长会。这时，弟弟已经藏了一封老师给妈妈的信……弟弟写的作文如果被选为北海道的代表，就能参加全国的作文比赛。正因为这样，家长会的那天，老师要弟弟自己朗读这篇作文。老师的信如果给妈妈看了，妈妈一定会向公司请假，去听弟弟朗读作文，于是，弟弟就没有把这封信交给妈妈。这事，我还是从弟弟的朋友那里听来的。所以，家长会那天，是我去了。”

“哦，原来是这样……那后来呢？”

“老师出的作文题目是，你‘将来想成为怎样的人’，全体学生都写了，弟弟的题目是《一碗阳春面》，一听这题目，我就知道是写的北海亭面馆的事。弟弟这家伙，怎么把这种难为情的事写出来，当时我这么想着。”

“作文写的是，父亲死于交通事故，留下一大笔债。母亲每天从早到晚拼命工作，我去送早报和晚报……弟弟全写了出来。接着又写，十二月三十一日的晚上，母子三人吃一碗阳春面，非常好吃……三个人只买一碗阳春面，面馆的叔叔阿姨还是很热情地接待我们，谢谢我们，还祝福我们过个好年。听到这声音，弟弟的心中不由得喊着：不能失败，要努力，要好好活着！因此，弟弟长大成人后，想开一家日本第一的面馆，也要对顾客说，努力吧，祝你幸福，谢谢。弟弟大声地朗读着作文……”此刻，柜台里竖着耳朵，全神贯注听母子三人说话的老板和老板娘不见了。在柜台后面，只见他们两人面对面地蹲着，一条毛巾，各执一端，正在擦着夺眶而出的眼泪。

“作文朗读完后，老师说，‘今天淳君的哥哥代替他母亲来参加我们的家长会，现在我们请他来说几句话……’”

“这时哥哥为什么……”弟弟疑惑地望着哥哥。

“因为突然被叫上去说话，一开始，我什么准备也说不出……诸君一直和我弟弟很要好，在此，我谢谢大家。弟弟每天做晚饭，放弃了俱乐部的活动，中途回家，我做哥哥的，感到很难为情。刚才，弟弟的《一碗阳春面》刚开始朗读的时候，我感到很丢脸，但是，当我看到弟弟激动地大声朗读时，我心里更感到羞愧，这时我想，决不能忘记母亲买一碗阳春面的勇气，兄弟们，齐心合力，为保护我们的母亲而努力吧！从今以后，请大家更好地和我弟弟做朋友。我就说这些……”母子三人，静静地，互相握着手，良久。继而又欢快地笑了起来。和去年相比，像是完全变了模样。

作为年夜饭的阳春面吃完了，付了300元。

“承蒙款待。”母子三人深深地低头道谢，走出了店门。

“谢谢，祝你们过个好年！”

老板和老板娘大声向他们祝福，目送他们远去……

又是一年的大年夜降临了。北海亭面馆里，晚上九点一过，二号桌上又摆上了预约席的牌子，等待着母子三人的到来。可是，这一天始终没有看到他们三人的身影。

一年，又是一年，二号桌始终默默地等待着。可母子三人还是没有出现。

北海亭面馆因为生意越来越兴隆，店内重又进行了装修。桌子、椅子都换了新的，可二号桌却依然如故，老板夫妇不但没感到不协调，反而把二号桌安放在店堂的中央。“为什么把这张旧桌子放在店堂中央？”有的顾客感到奇怪。

于是，老板夫妇就把“一碗阳春面”的故事告诉他们。并说，看到这张桌子，就是对自己的激励。而且，说不定哪天那母子三人还会来，这个时候，还想用这张桌子来迎接他们。

就这样，关于二号桌的故事，使二号桌成了幸福的桌子。顾客们到处传颂着，有人特意从老远的地方赶来，有女学生，也有年轻的情侣，都要到二号桌吃一碗阳春面。二号桌也因此名声大振。

时光流逝，年复一年。这一年的大年夜又来到了。

这时，北海亭面馆已经是这条街商会的主要成员，大年夜这天，亲如家人的朋友、近邻、同行，结束了一天的工作后，都来到北海亭，在北海亭吃了过年面，听着除夕夜的钟声，然后亲朋好友聚集起来，一起到附近神社去烧香磕头，以求神明保佑。这种情形，已经有五六年了。今年的大年夜当然也不例外。九点半一过，以鱼店老板夫妇捧着装满生鱼片的大盘子进来为信号，平时的街坊好友三十多人，也都带着酒菜，陆陆续续地会集到北海亭。店里的气氛一下子热闹起来。

知道二号桌由来的朋友们，嘴里没说什么，可心里都在想着，今年二号桌也许又要空等了吧？那块预约席的牌子，早已悄悄地放在了二号桌上。

狭窄的座席之间，客人们一点一点地移动着身子坐下，有人还招呼着迟到的朋友。吃着面，喝着酒，互相挟着菜。有人到柜台里去帮忙，有人随意打开冰箱拿东西。什么廉价出售的生意啦，海水浴的艳闻趣事啦，什么添了孙子的事啦。十点半时，北海亭里的热闹气氛达到了顶点。就在这时，店门被咯吱咯吱地拉开了。人们都向门口望去，屋子里突然静了下来。

两位西装笔挺、手臂上搭着大衣的青年走了进来。这时，大伙才都松了口气，随着轻轻的叹息声，店里又恢复了刚才的热闹。

“真不凑巧，店里已经坐满了。”老板娘面带歉意的说。

就在拒绝两位青年的时候，一个身穿和服的女人，深深低着头走了进来，站在两位青年的中间。店里的人们，一下子都屏住了呼吸，耳朵也都竖了起来。

“呃……三碗阳春面，可以吗？”穿和服的女人平静地说。

听到这话，老板娘的脸色一下子变了。十几年前留在脑海中的母子三人的印象，和眼前这三人的形象重叠起来了。

老板娘指着三位来客，目光和正在柜台里忙碌的丈夫的目光撞到一处。

“啊，啊……孩子他爹……”

面对着不知所措的老板娘，青年中的一位开口了。

“我们就是十四前的大年夜，母子三人共吃一碗阳春面的顾客。那时，就是这一碗阳春面的鼓励，使我们三人同心合力，度过了艰难的岁月。这以后，我们搬到母亲的老家滋贺县去了。”

“我今年通过了医生的国家考试，现在在京都的大学医院当实习医生。明年四月，我将到札幌的综合医院工作。还没有开面馆的弟弟，现在在京都的银行里工作。我和弟弟商量，计划着生平第一次的奢侈行动。就这样，今天我们母子三人，特意到札幌的北海亭来拜访，想要麻烦你们煮三碗阳春面。”

边听边点头的老板夫妇，泪珠一串串地掉下来。

坐在靠近门口的蔬菜店老板，嘴里含着一口面听着，直到这时，才把面咽了下去，站起身来。

“喂喂！老板娘，你呆站在那里干什么？这十几年的每一个大年夜，你不是都为等待他们的到来作好了准备吗？快，快请他们入座，快！”被蔬菜店老板用肩头一撞，老板娘才清醒过来。

“欢……欢迎，请，请坐……孩子他爹，二号桌阳春面三碗——”

“好咧——阳春面三碗——”泪流满面的丈夫差点应不出声来。

店里，突然爆发出一阵不约而同的欢呼声和鼓掌声。

店外，刚才还在纷纷扬扬飘着的雪花，此刻也停了。皑皑白雪映着明净的窗子，那写着“北海亭”的布帘子，在正月的清风中，摇着，飘着……

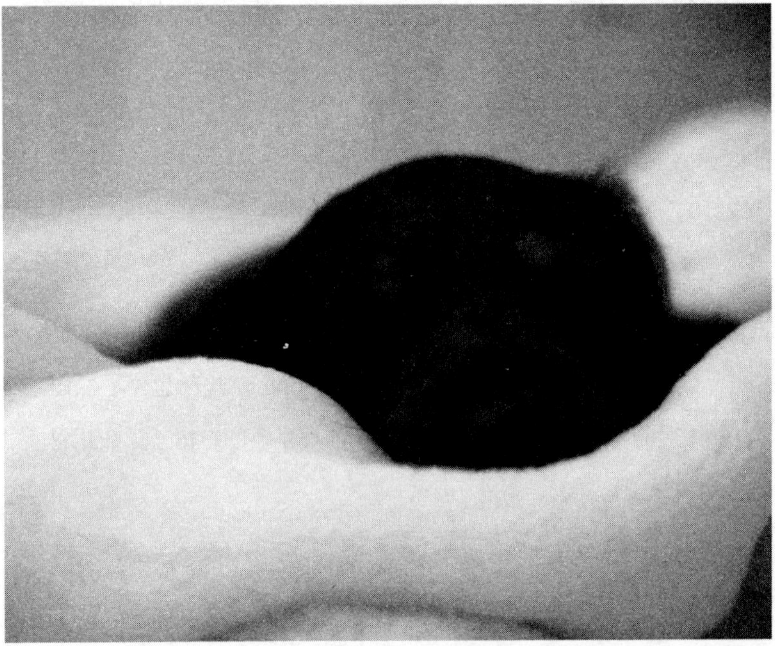

But if the while I think on thee, dear friend, all losses are restored, and sorrows end.

Two Dogs

Title /小黑和小灰

Author /佚名

在我儿时的记忆中，总会出现两只狗。一只是黑狗，浑身墨一样的黑，毛长得很长，有的地方还拧成了结，眼睛经常被毛盖住，耳朵和尾巴也经常是耷拉着，没精打采的样子。另一只是灰狗，十分健壮，光滑的灰色的毛，耳朵总是竖着，随时准备出击的样子。

家里人叫它们小黑和小灰。

小黑的年龄比我大五岁，小灰的年龄比我小五岁。在我记事的时候，这两只狗就一直伴随着我。

小黑为狗很是低调。看到生人，它总是远远地看着，并不着急叫，等那人走近了，它会慢慢地靠近一些，蓦地发出一声低叫，往往会吓人家一大跳。本地有俗语，咬人的狗不叫，所以生人很是忌惮小黑。每次看到家里人从外面回来，它也只是跑过去围着主人的腿嗅一嗅，再摇两下尾巴，然后悄悄地走开。

相比之下，小灰为狗就很张扬。看到生人，老远就会大声地汪汪乱叫，而且会箭一般地朝那人冲过去，如果那人不知道躲避，它很可能会真的咬住那人的裤管不放。一见到家里人，它会老远就摇着尾巴、又蹦又跳、汪汪汪地迎过去。

家里人和隔壁的邻居们都比较喜欢小灰。大人们说，小灰半夜里看门更加让人放心，而小黑有时会不负责任离开家到外面游荡。

所以，每次有好吃的剩菜剩饭都是先让小灰吃，小灰吃饱了才让小黑吃。现在我常想，当时小黑超过十岁的年龄在狗里面也是寿星狗了吧，可是那只小灰怎么就不知道尊老呢？而那时的小黑并不计较，吃不饱的它总是自己到外面去寻找食物。

一个夏天的午后，邻居谭家六妈怒气冲冲地跑到我家，吵着说我家的小灰狗吃了他们家的小鸡。

“怎么可能呢？我家的小灰才吃得饱饱的，怎么可能吃你家的鸡呢？你亲眼看到的吗？你如果说是小黑子吃了倒可以让人信。”母亲不太相信我们的小灰能做出这种事。

“可是我亲眼看到小灰叼着小鸡的。”六妈说。母亲连忙不停地说好话，最后说赔六妈家的小鸡。倒弄得六妈不好意思，气消了也就走了。

以后，接连几天，都有远近邻居来告小灰的状。父亲一气之下，找了一根铁链把小灰锁了起来，拴在门口的桑树桩上。

小灰的性格并没有因为失去自由而改变多少。看到生人仍然是离老远汪汪汪地叫，看到家里人仍然是窜上窜下地摇着尾巴。有时看见小鸡在身边走过，它眼里总会流露出贪婪的凶光，只是那凶光很短暂，转瞬即逝。

小灰也有解放的时候。

冬天，下大雪。我和哥哥们会带着小黑和小灰到家后面的废黄河堆堤上去撵野兔。堆上一片洁白世界，解了铁链的小灰就像是一个刚出囚牢的犯人，兴奋着，跳着，跑着，在雪地上打上两个滚，用爪子在雪上刨一个小坑，还用鼻子进去嗅一嗅。突然又向远处奔去。小黑一如平时，懒懒地在雪地上走，跟在我们的后面，有时离得远了，就像是白纸上一个移动的黑墨团。

“兔子，小灰，上。”四哥很是兴奋地下达命令。

就在小灰奋起向前方几十米的小东西扑去的时候，我们身边掠过一道黑色的闪电。你无法想象那只成天没精打采的老狗以惊人的速度叼住了那只出来觅食的野兔。

小黑把野兔叼到我们面前，放下，一声不吭，用鼻子嗅了嗅自己的猎物，确信野兔不动之后，它又懒懒地走开。仿佛一切又同它没有了任何关系。

小灰虽然没有逮到野兔，却显得很是兴奋，跑回来，先是围着野兔不停地用鼻子嗅着，而后又过来用嘴和头蹭我们的裤腿，仿佛它也是得胜归来的将军。可惜那时的我们谁也没有注意到这只小灰狗的表演。

狗儿们的不幸来了。

农村的打狗运动又开始了。小时候我不知道为什么人要将狗打死，不让它们生活下去。农村每年都要打狗，小黑命大，十五岁的它已逃过了无数的劫难。只是小灰这次不知能否躲过去，因为听村里的广播通知说这次打狗工作抓得特别紧，只要听到狗叫声就一定要找到狗并处死。

我们家还是采用以前的办法。母亲对小黑说：“小黑，又打狗了，你到堆上去躲吧，晚上回来吃饭。”小黑听得懂，它会白天躲进废黄河堆堤的荒野里，夜里回来吃完放在门槛边的食物。

保护小灰太难。它习惯了被锁的生活，不愿意出去，而且它听见声音就喜欢叫，很是危险。没办法，父亲只好把它藏进了屋后堆坡上开的山芋洞里，每天由我或四哥端食喂它。

那天午饭后，我和四哥去给小灰喂食。洞里黑，在手电光下，小灰将食吃得干干净净。我们要走，它在后面乱蹦乱叫，那意思，是想让我们把它带出去。四哥心软，对我说："我们把小灰带出去透透气吧。"

出了洞，我们听到我家门前有声音很大的谈话声，好像是父亲在和谁争论什么。小灰出了洞很是兴奋，猛地向前一蹿，竟挣脱开了四哥手中的链子，边摇着尾巴边向前面冲去。

我和四哥急忙向前追。可小灰的速度太快了，我们看着它跑在我们的前面。

我们看到两支枪管对准了它。

它仍然兴奋地摇着尾巴，汪汪汪地叫着，朝着面前的主人和那群陌生人。

我们听到"扑扑"两声响。

小灰像是拳手遭到了重拳，踉跄了两下，前腿弯下，慢慢倒在地上。

那年，我十岁，小灰五岁。

小灰的肉被村里的干部们当了下酒的菜，皮被母亲要了回来，埋在屋后的泡桐树下。

小灰死的那天晚饭后，我到屋后小便，我看到小黑围着那棵泡桐树转悠。我高兴地叫着："小黑。"小黑好像没有听到一样，只是摇了两下尾巴。等我叫了四哥一起来看小黑的时候，小黑已不在了。

那天夜里，小黑没有回家吃放在门槛边的饭。

以后的几天，小黑都没有回家吃饭。

腊月送灶的那天早晨，小黑死在了那棵泡桐树下。

那年，小黑十五岁。

我问哥哥们小黑怎么好好的就死了。

四哥说，小黑是吓死的。

三哥说，小黑是老死的。

二哥说，小黑是气死的。

大哥说，小黑是自己死的。

Loving All My Life

Title /有一种幸福

Author /佚名

那年，她16岁，第一次喜欢上一个男生。

他不算高，斯斯文文的，但很喜欢踢足球，有着一把低沉的好嗓音，成绩很好，常是班上的第一名。虽然在当时，早恋已经不是什么大问题，女生追男生也不再是新闻，她更不是那种内向的女孩。但是她从来没有想过要向他表白，她只是觉得，能一直这样远远地欣赏他，就很好了。

那时，她常常为在路上碰到他，打声招呼高兴个半天，常常放学也不回去，而是上运动场一圈又一圈地慢跑，只为了看他踢球。她还学着叠幸运星，每天在那小纸条上写一句想对他说的话，叠成小幸运星，快乐地放在大瓶子里。她常常看着他想，像他那样的男生，应该是会喜欢那种温柔体贴的女孩吧，那种有着一把乌黑的长长直直的头发，有着一双水汪汪的大眼睛，开心的时候会抿嘴一笑的女孩。

她的头发乌黑，但只短短的到耳际边，她有一双大眼睛，但常常因为大笑而眯成一条缝。她常常照着镜子想，如果有一天她成了那种女孩，他会不会喜欢上她？但想归想，她还是每个月都跑去理发店把稍微长长一点的头发剪短到耳际边，还是一遇到好笑的事情就哈哈大笑起来，笑得眼睛眯成一条缝。

她19岁，考上一所不算很好但也不差的大学。他正常发挥，考去了另外一所城市的重点大学。她坐着火车离开这个生她养她的小城时，浮上心头的是她点点滴滴与他的回忆。

大学生活是以二十几天艰苦的军训生活拉开序幕的。晚上临睡前，其他女生都躲在被窝里偷偷打电话跟男友互诉相思之情，她好多次按完那几个熟悉的数字键，始终没有按下那个呼叫键。

十九年来，第一次知道什么叫思念，原来，思念是一种可以让人莫名其妙地掉下眼泪的力量。

四年的大学生活不算太长，活泼可爱的她身边从来不缺乏追求者，但她却选择单身。

好事者问起原因时，她总淡淡一笑，说：“学业为重嘛。”她也确实在很努力地学习，只为了考他那所大学的研究生。四年来她的头发不断变长，她没有再剪短。一次老同学聚会时，大家看到她时都眼前一亮，一把乌黑的长长直直的头发，水汪汪的大眼睛因恰到好处的眼影而更显光彩，白里透红的皮肤，时不时抿嘴一笑，同学们都认不出这是昔日的小活宝。

他见到她时也不禁心神一动，但当时他的手正挽着另一个女子的纤纤细腰。她看着他身边那个比自己更温柔妩媚的女子，很好地掩饰了心里的一丝失落，只淡淡对他一笑，说：“好久不见了。”

她22岁，以第一名的成绩考上了他那所大学的研究生。他没有继续考研，进了一间外资企业，工作出色，年薪很快就达到了六位数。她继续过着单调甚至枯燥的学生生活，并且坚持单身。

一次放假回家，一进门母亲就把她拉过一边，语重心长地说，女儿啊，读书是好事。但女人始终是要嫁人生子的，这才是归宿啊。她点了点头，进房间整理带回来的行李。先从箱子里拿出来的是一瓶满满的幸运星，摆在书架上。书架上一排幸运星的瓶子，都是满满的，刚好六瓶。

她25岁，凭着重点大学的硕士学历和优秀的成绩，很快就找到一份很好的工作，月薪上万。他这时已自己开公司，生意越做越大。第三间分公司开业的时候，他跟一个副市长的千金结婚了，双喜临门。

她出席了那场盛大的婚礼，听到旁边的人说起新郎年轻有为，一表人才，新娘家世显赫，留洋归来，貌美如花，真是一对璧人。她看着他春风得意的笑脸，心里竟也荡起一种幸福的感觉，莫名的感觉，仿佛他身边那个笑容如花的女子就是自己一样。

她26岁，嫁给了公司的一个同事，两个人从相识到结婚不到半年的时间，短到她都不知道两人是否恋爱过。他们的婚礼在她的极力要求下搞得很简单，只邀请了几个至亲好友。当晚她喝了很多酒，第一次喝那么多酒，没有醉，却吐得一塌糊涂。

她在洗手间看着镜子里那张在水汽蒸腾下逐渐模糊的脸，第一次有种想痛哭一场的冲动。但终于，她还是把妆补好后走出去继续扮演幸福新娘的角色。她的外套的衣袋里，有她早上仓促叠好的一颗幸运星，里面写着，今天，我嫁作他人妇了。可是我知道，我爱的是你。

她36岁，过着平静的小康生活。一日在街上巧遇一旧同学，闲聊起他，竟得知他生意失败，沉重打击后终日流连酒吧，妻离子散。

她在找了好几天后终于在一间小酒吧找到他。她没有骂他，只是递给他一本存折，那里面是她所有的积蓄，然后对他说，我相信你可以从头再来的。他打开存折，巨额的数字让他不可置信，那些所谓的亲朋好友在听到他说了“借钱”两个字就冷眼相向避而不见，她不过是一个快让他淡忘名字的老同学，却如此慷慨大方？她依旧淡淡一笑，说，朋友不是应该互相帮助的吗。

当晚她的丈夫知道了后，一个重重的巴掌立刻甩了过来，大吼道：“上百万一声不吭就全给了他，你是不是看上人家了！”

她被那巴掌击倒在地，没流泪也没说话，更没有回答她丈夫的质问。虽然她从来没有向别人承认过她爱他，但她也绝不会向别人否认她爱他。

她40岁，那年他的公司已经成为同行业里最具竞争力的几间大公司之一。那晚他带着两百万和他的公司的百分之十股份转让书到她家。她的丈夫一边乐呵呵地说，不必这么客气嘛，朋友之间互相帮助是应该的，一边在股份转让书上签下名字。她没说什么，只说了句，不如留下来吃顿饭。他没有不答应的理由。

饭菜端上来时，他惊讶地发现自己最爱吃的几样菜都有。但他抬头看到她一脸恬静地为丈夫儿子夹菜时，心里一下释然，觉得是自己想多了。临走的时候他从口袋里拿出一张请柬，笑笑说："希望你们到时都可以来。"

她以为是他又有分公司开业，不以为意，接过随手放在沙发上。送走他转身回厨房洗碗的时候，突然听到她丈夫大声说："人一有钱就风流这句话果然没错啊。看你这个旧同学，这么快又娶第二个了。"她的手一颤，被一个破碗的缺口划了一下，血一下子涌了出来，一滴接一滴不停往下滴。她看着那片泛着微红的水，突然想起十五年前那个笑容如花的女子那身婚纱，似乎就是这个颜色。

她55岁，一天突然在家里昏倒，被送去医院。一番检查后，医生脸色沉重，要把她丈夫叫到一边说话。她毕竟是个聪明的女人。叫住医生，她很认真地问，"我还可以活几天？"三个月，电影里的桥段用得多了，没想到真应了人生如戏这句话。执意不肯住院，她回到家里开始为自己准备后事。一个人活了大半辈子，要交代的事多着。收到消息的亲朋好友纷纷赶来见最后一面。

他是最后一个。她躺在床上，已经开始神志不清，但一看到他手上那颗幸运星，立刻清醒了过来，似是回光返照。

"这是给我的吗？"她指了指那颗幸运星，脸上竟露出一丝笑容。

他连忙回答："啊，是。是啊。这是我带来给你的。"真是无心插柳，这不过是他刚出机场时碰到那个为红十字筹款的小女孩送的，他当时急着来见她，接过来时都没看清是什么东西就赶着上车了，一路握着也不知觉。

她接过那颗幸运星，紧握着放在胸前好一会不放。终于，她指了指旁边的桌子，那上面也放了一颗幸运星，那时她昨晚花了一个多小时才叠好的，她缓缓对他说道："在我以前住的房子里，还有三十九罐幸运星。等我火化的时候，你把那些连同这两颗和我放在一起，好吗？"

他还没来得及回答，她已经合上眼睛，一脸安详。

火化那天，他按照她的遗愿把那些幸运星撒在她身上，三十九罐，不小心滚落一两颗在地也没人发现。他转身要走的时候，忽然发现地上还有两颗。捡了起来，他想，算了，就当是留个纪念吧。

他65岁。一天，他戴着老花眼镜在花园里看书时。四岁的小孙子突然拿着两张小纸条，兴冲冲跑到他面前，嚷道，爷爷，爷爷，教我识字。他扶了扶眼镜，看清第一张小纸条上的字：杰，你今天穿的那身蓝色球服很好看哦。还有，6这个号码我也很喜欢，呵呵。

他皱了皱眉，问孙子："这两张小纸条你从哪里找来的？"

"这不是纸条啊，这是你放在书桌上那两颗小星星啊。我拆开它，就发现里面有字了哦！"

他一愣，再去看那第二张小纸条：杰，有一种幸福是有一个能让你不顾一切去爱他一辈子的人。

有一种幸福是有一个能让你不顾一切去爱他一辈子的人。他念着，念着，泪流满面……

Isabella

Title /伊莎贝拉的蓝勋章

Author /佚名

母亲去世那年，26岁的伊莎贝拉主动申请转调到克罗耶镇医院做脑外科主治医师。和伊莎贝拉一起在克罗耶医院脑外科工作的，还有一位年近五十的萨尔博医生。让伊莎贝拉头痛的是，这位资深的萨尔博医生，却是个不折不扣的酒鬼，经常因为酗酒不肯对患者进行治疗。好在克罗耶镇人口稀少，每天来医院就诊的病人并不多，伊莎贝拉这才能勉强应付过来。

克罗耶镇一年中有大半时间都浸润在绵绵的细雨中，丰润的雨水滋润着土壤里的喜水植物，高大或低矮的树木在这里随处可见，特别是到了春夏两季，镇上的每一寸土壤都被那些碧绿的植物覆盖着，间或钻出的各种不知名的小花，鲜艳夺目、色彩缤纷，把整个小镇装点得像一幅世界名画。

然而，这些雨水对植物来说是天赐的甘露，对克罗耶镇的交通警察来说，却时不时地像一场灾难。因为人口密度不大，镇上的公路也不宽，一般的道路还好，但偶有的环山路段，遇上密集的雨水，可真就是险象环生了。

就在一个下雨的凌晨，环山路段上三辆小车发生追尾事件，四个人都受了伤，其中有两人还是脑部受创，需马上动手术清除脑内淤血。情况紧急，送去城里的大医院肯定是来不及了，伊莎贝拉赶紧安排手术室准备手术。可就在这时，护士长却告诉伊莎贝拉，她们怎么也联系不上萨尔博医生。

墙上的时钟一秒一秒地向前走，伊莎贝拉心急如焚，她知道，此时，对于患者来说，早一分钟手术，就多一分生存的机会。作为医院不多的脑外科手术医师之一，萨尔博完全有责任携带随时能联系得到的通讯工具。此时此刻，伊莎贝拉心里对这个不负责任的老头充满了愤怒。好在15分钟后，终于有人在医院后巷的酒吧里找到了萨尔博。

萨尔博一听说要动手术，怎么也不肯拿手术刀，声称自己刚刚喝了酒，现在不能动手术。可此时两个病人的血压和呼吸都开始发生变化，再不动手术就会有生命危险。伊莎贝拉已经没有选择余地，她只好央求萨尔博说："萨尔博医生，不管您现在的状态有多么糟，但现在不实施手术的话，他们肯定就会死去，如果动手术，也许还会有一线生机，我们都是医生，救死扶伤是我们的职责。"

也许是伊莎贝拉的话震撼了萨尔博，也许是病人痛苦的表情打动了他的心，最终，萨尔博同意手术。

5个小时后，手术结束了，两位患者的手术都很成功。伊莎贝拉疲惫地推开手术室的门出来，正好和萨尔博医生正面相遇，闻到他身上隐隐的酒味儿，伊莎贝拉不由得怒火中烧，气愤地瞪了他一眼，转身就走了。

身心疲惫的伊莎贝拉坐在医院的图书室里小憩，她怎么也不明白，萨尔博医生既然选择了这样一个职业，为何又要以这样消极的态度来面对自己和患者。无意中，伊莎贝拉抬头看到了墙上挂的一些老照片，其中一张是年轻的萨尔博医生正微笑着将自己胸前的一枚蓝勋章送给一个满脸泪水的小姑娘。伊莎贝拉当然认识这枚蓝勋章，它在当地是一种最高荣誉的象征。这让伊莎贝拉非常吃惊，她怎么也没想到，这样颓废的萨尔博医生竟然还是蓝勋章的获得者。

经过详细了解，伊莎贝拉才知道了真相。原来，萨尔博在克罗耶镇从医二十几年，医术高超，又甘守清贫，是当地非常有名的脑外科医生，救过不少人的命，还获得了小镇上的最高荣誉——一枚蓝勋章。那张老照片，就是他将自己的蓝勋章送给一个被他治愈的病人的女儿时拍下的。那时的萨尔博是那样意气风发，对他来说，挽救患者的生命胜于获得一切荣誉。

然而，一次暴雨后，镇上发生了泥石流，很多人都受了重伤，其中还包括萨尔博的女儿。面对奄奄一息的女儿，萨尔博医生在激烈的思想斗争后，作出了一个自私的决定，先给自己的女儿做手术。然而，事与愿违，最终，女儿还是死在了萨尔博的怀里。这件事对萨尔博的影响很大，他总认为这是上帝对自己的惩罚。从那以后，萨尔博不再相信自己的医术，终日借酒消愁。

伊莎贝拉也知道，有不少人都劝过萨尔博，说那次选择并不是他的错，换作任何一个人都可能作出那样的决定，有几个父亲愿意眼睁睁地看着自己的女儿就这样死去呢？但这样的劝解始终无法抚慰萨尔博那颗痛苦的心，他固执地认为，正是自己的私心毁灭了自己的信仰，所以才无法救活自己的女儿。

伊莎贝拉再次看到照片中的那枚蓝勋章时，感觉已经完全不同，她深知，萨尔博是名优秀的医生，只不过是暂时被一些错觉蒙蔽了心灵，一旦有一天阳光再次照进他的心房，他一定会重新成为蓝勋章的主人。

第二天的黄昏，青翠的叶子上闪着淡淡的光。伊莎贝拉摘了一片最新鲜的叶子，辗转找到了萨尔博常去的那间小酒吧。昏暗的灯光下，萨尔博医生正在独饮白兰地，影子被拉得很长，看起来很孤独。

看到伊莎贝拉，萨尔博有些意外，但很快就无所谓地淡淡一笑，说："怎么，是来数落我的，还是来劝我的？没用的，我喜欢这样的生活，没人可以改变我。"

"不，我是来把这个还给您的，我想，它不再属于您了，所以我也不能再保留它，您应该把它还给克罗耶镇。"伊莎贝拉伸出手掌，碧绿的叶子上托着一枚闪闪发光的蓝勋章。哦，是的，正是克罗耶镇上只有英雄才配拥有的蓝勋章。

"你怎么会有这个？"看着这枚蓝勋章，萨尔博一脸惊诧。

"是您送给我的，您不记得了吗？"伊莎贝拉有些激动，"那时，我还是个不谙世事的孩子，我的母亲在这个小镇上受到了致命的伤害，是您的手术刀将她从死神手里夺了回来。您在手术后笑着对她身边的那个小女孩说，'孩子，你放心，你妈妈不会死的，我以这枚蓝勋章向你保证。'您用精湛的医术挽救了孩子的母亲，又用蓝勋章来安抚了一个孩子不安的心。那时，我就在心里发誓，长大后一定要做一个像您一样伟大的医生。每个不眠之夜，我看着这枚蓝勋章，想起您的笑容，就觉得什么困难都可以克服。然而，当我终于可以拿着手术刀来向您说声谢谢的时候，您却已经放下了手术刀。我可以告诉您，现在我用这把手术刀救了不少人，也让不少孩子能够继续依偎在母亲的怀抱里，而您呢，因为您的放弃，也许有的孩子就会成为孤儿……”

“哦，是吗？”萨尔博的脸色黯淡下来，调侃的笑容变成了尴尬的沉默，他接过伊莎贝拉手里的蓝勋章，细细地抚摸，翻看，眼里流露出温柔。这枚突然出现的蓝勋章对他而言，不只是荣誉，还有那些沉甸甸的回忆。

没人知道萨尔博医生为何一夜之间突然有了那么大的变化，戒了酒，穿上了整洁的衣服，细心地诊治每一位病人，只有伊莎贝拉脸上有洞悉一切的微笑。

数日后，伊莎贝拉做了可口的甜点，到镇左大街的阿尔法教授家中，去感谢他无偿地送给她那枚珍贵的蓝勋章。喝下午茶的时候，阿尔法教授笑着问伊莎贝拉：“亲爱的，你为什么那么喜欢那枚蓝勋章呢？”

伊莎贝拉不好意思地说：“不是的，我不是自己想要，是送给别人。”

“是吗？”阿尔法教授有些意外，善意地提醒伊莎贝拉说，“那你可事先要告诉人家呀，因为我们镇上的蓝勋章背面都有获得者的签名，以证明身份。”

“啊？”伊莎贝拉呆住了，她这才想起萨尔博医生拿着那枚蓝勋章翻看时，脸色曾经有过一瞬间的变化。

但，这一切已经不重要了，不是吗？伊莎贝拉记得萨尔博医生走出酒吧前曾经说过的一句话：“谢谢你颁给我的蓝勋章，这一定会是我新的荣誉！”那时，萨尔博医生刚刚走到酒吧门口，落日的余晖照在他消瘦的身体上，他看上去意气风发！

The most precious possession that ever comes to a man in this world is a woman's heart.

A Memorable Draft

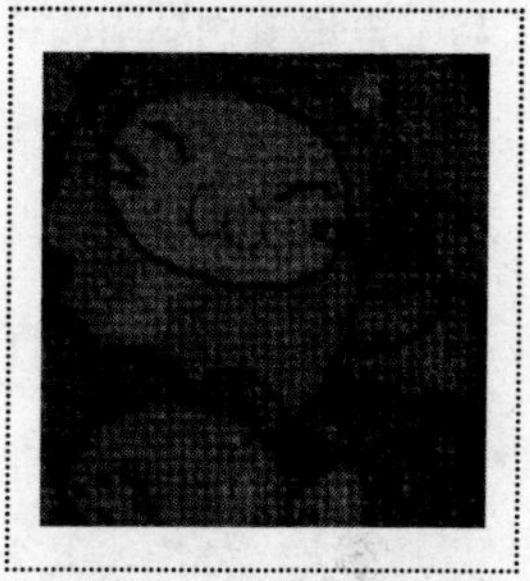

Title /一张难忘的汇票

Author /未了青

上大学时，有张汇票我没去邮局取钱，珍藏至今，像保存价值连城的收藏品一般。我用一个旧信封装着，放在盛衣服的小木箱里，藏在最底层，生怕丢失。小木箱是我从姥姥家找来的，是老爷年轻时走村串户做生意用的，虽然小点，可比纸箱子要好些，还可以加一把小锁。参加工作后，改用印有单位名称的信封装它，依然放在那个小木箱里，依然放在衣服的最下边，换了一把大点的锁。后来成了家，小木箱换成了新柜子，我就把那张汇票包上一块方方正正的红绸子放在柜子里，与家里贵重物品同放一处。这张汇票记录了很多难忘的故事，对我的成长和成熟起到了非同寻常的作用，所以我非常珍惜它。

我从记事开始到1978年春天上大学，从没见过汇票是什么样子，更不知道这张纸可以从邮局取出钱来。家里几代是农民，没人在外挣钱，个别亲戚在外工作，收入不高还要养家糊口，从不寄钱来。上大学以后，才开始收到父母寄来的钱，自然就认识了汇票。那时上大学不仅不交学费，而且国家还发助学金，我家庭困难，拿一等，每月14元，其中生活费交12元，可剩2元零用。每到换季时节需要更换衣服，才向家中求援，父母每次寄一二十元，基本上足够一个学期。

由于手头很紧，所以每次收到汇票时都非常高兴，心里美滋滋的，那感觉有些类似于接到大学录取通知书。可是，有一次收到家中一张汇票，全然没有了往日的感觉。那是大学二年级，天气转了夏，气温到了摄氏30度以上，我还穿一件春天的涤卡布料蓝色褂子，与季节和周围环境很不协调，我给母亲写信要钱，准备买一身过夏的衣服。一周过去了，又过了一周，迟迟没收到家中汇票，又过了几天，上午下课后，我急不可耐地跑到了收发室查邮件，还好，终于到了，一张汇票和一封信。我拿到汇票看了一眼顿时愣住了，我以为没看清楚，又仔细看了两遍，没错，上边清清楚楚写着“贰元五角”，我的头一下昏了，脸沉了下来，整个人都僵住了，多种复杂感觉从全身涌到了心头，眼泪像雨后山泉涌了上来。管收发室的是位长者，看着我不对劲，就说："同学你咋了？病了吗？去卫生室不？"一连问了好几句，我才突然醒来，支吾了两句就跑了。一口气跑到宿舍，一屁股座在床头上，眼睛直直的，呆了一刻钟，才想起还有一封信，急忙拆开，一连读了三遍，边读边流泪，最后洗把脸向校外走去。

山东农学院在泰安，泰山脚下。出校门向北不远就到了山跟，我胡乱找了个山头爬上去，山不大绿化很好，全是成年松柏，又浓又密，人一进去就像一头扎进了绿色的海洋。我一遍遍地默念母亲的来信："孩子，你吃苦了。家里实在没钱，娘去街上借，借了半条街，只有这点，各家日子都不好过，再说咱已经借了好几遍了。别着急，等你二叔回来，娘给他借个短袖褂子抓紧给你寄去。娘对不起你。"我好像看到了母亲沿街乞借的样子，眼泪禁不住流个不停。母亲说的二叔是邻居，在另一个村任小学教员，每周回家一次。二叔眉清目秀，笑容可掬，非常英俊，见到谁都笑得很真，一副谦虚和善的面孔，我考上大学他是第一个送信的人，当时情景记忆犹新。记得刚过春节不久的一天，凌晨4点多钟，一个熟悉的声音把我们全家从寒冷的梦里喊了回来，我一听是二叔，赶忙开门，见二叔衣服都没穿整齐，就激动万分地说："忠堂考上大学了，刚才广播里说的，太好了，太好了！”二叔高兴得像个孩子，比自己考上大学还高兴。全家人兴奋地起了床，抱了柴，生了火，与二叔说话，直到天亮。

在山上，我独自一人静静地思考了一个下午，想通了很多道理，好像突然间成熟了许多。我都20岁的人了，本来应该知道家中困难，那时家里还没包产到户，弟弟妹妹年龄小，全靠父亲一人在生产队里劳动挣工分，分的粮食连吃都不够，哪还有钱花？父母一直把我当孩子，我也一直依赖父母，养成了习惯，全然忘却了家里的困境，忘却了父母的辛苦和无助，我突然有些后悔，于是，决定今后不再向家里要钱，计划用两种办法去解决大学期间的费用。一是自己借钱，毕业后再还；二是利用两个假期勤工俭学。我把想法写信告诉了父母，得到了二老的肯定，说我长大了，有志气。可是，母亲心疼儿子，怕我吃苦，后来听说母亲接到信哭了一个晚上。

第一个借钱给我的是本家三叔，他父亲和我爷爷是同一祖父，从血缘上论比较近。他长我几岁，当时在泰安一家疗养院干临时工。三叔聪明灵活，待人热情，很会说话，长得也秀气，看上去不像农村人，我接到家中汇票的第二天就找了他，三叔很同情地安慰我，借了我20元钱，我用其中的几元买了一件短袖白布褂和一条蓝布裤，布料很薄，倒也凉快。这身衣服穿了两个夏天，晚上洗白天穿，横竖就这一身，赶上天气不好时就需要穿身上暖干，那时农村来的困难学生都是这样过来的，所以也没觉得怎么委屈。当年寒假回家过年，年三十，三叔找我，说他要去新疆干活，没路费，要我还他20元钱。当时我十分着急，不知道如何弄到这20元钱，还是三叔提醒，我到村信用社贷了20元还了他。那是我第一次贷款，也是唯一的一次，想来也赶了次时髦。从那以后，我再也没见过三叔，听说在新疆发了财，日子过得很好。

借来的钱花起来心里总是不踏实。那年暑假我就约了三个同学，到校办实习农场去干活。夏天农活不多，就让我们摘啤酒花，农场种了二三百亩啤酒花，一眼望不到边。啤酒花是藤蔓植物，架起来两米多高，密密麻麻。花的形状像牵牛花，可颜色是绿的，比叶子淡些，非常好看。摘花很苦，钻到藤子下边，闷热闷热的，透不过气来，由于叶子是涩的，需要穿长裤长褂，不然会划破皮肤。一天几个小时，汗如水洗。每天发1元2角，2角用于吃饭，一个假期下来，能剩几十元，足够下学期零用。虽然农活苦点，但到晚上同学们在一起有说有笑，轮流讲故事，也算苦中有乐吧！

这些情况不知怎么让本家五叔知道了。他是县九中的化学教师，是个非常热心的人，对别人的事比自己的事还上心。五叔很赏识我学习好，说我将来一定有出息，所以不主张我太辛苦，不然把身体搞垮了将来怎么工作得好？他每月29元的工资，养一家老小，很是紧张。不过，省吃俭用，答应每学期支援我20元。以后，每次新学期开学前我都到五叔那里。五叔一边给我20元钱一边说："不够用就给我来信，我要不凑手会向别人借，无论如何也要把学习搞好，把身体搞好。"五叔的支持不仅是物质上的，更重要的是精神上的，对我顺利完成学业起了很大的作用。所以我一直很感激，虽然借来的钱后来还给了五叔，但是我的感激之情无论如何是不能用金钱来衡量的！

走上社会已经23年了。每当我遇到困难时，总是取出那张早已发黄的汇票看一看。一看到它，自然就想起了父母曾经的艰辛，想起了二叔、三叔和五叔，想起了所有在困难中给过我帮助的好人们；也自然想起了母校的农场和淡绿色的啤酒花！于是，也就有了精神，有了办法，也就没有了困难！

The Most Beautiful Girl

Title /最美的女孩

Author /佚名

1998年8月24日，一场特殊的追悼会在山东加祥县后中庄举行。

死者申春玲是一位年仅16岁的小姑娘，但她却享受了这个村最高的葬礼规格，她的三个哥哥穿上了为父母送葬才能穿上的孝衣。在灵柩前长跪不起，全村老少自发地佩戴黑纱哭着为她送行——然而有谁知道这位早逝的姑娘其实与这个家庭没有任何血缘关系，她只是一个连户口都没有的继女；在继父瘫痪、亲生母亲离家出走后，她却勇敢地留了下来，用柔弱的双肩托起了四个大学生哥哥！

1994年6月，失去丈夫的春玲的母亲带着申春玲姐弟从山东范泽龙周集来到加祥县后申庄。春玲的继父申树平是一个木匠，为人忠厚老实。继父上有70多岁的二老，下有四个正在读书的儿子。其中大儿子申建国在西安交大读书，其他三个儿子在县里读高中。尽管家庭负担很重，但继父有一门高超的木工手艺，再加上一家人勤俭节约，生活过得比上不足比下有余。对于春玲母子三人的到来，继父全家都表现出极大的热情。或许因为家中没有女孩的缘故，爷爷、奶奶、继父都对小春玲疼爱有加，哥哥们更是亲热地叫她小铃铛。小春玲到继父家时，早已经过了上学的年龄，可是由于父亲去世，她只能失学在家。继父知道后二话不说，拿钱给她上了学。家里本来就有四个孩子上学，再加上小春玲，继父的肩上又增添了一份负担。好在继父勤快，农闲时间常跟镇上的建筑队外出施工赚些外快，总算能对付家里的支出。

小春玲非常珍惜这来之不易的上学机会，第一学期就考了个全年级第三名。除了学习，她还包下了部分家务活，一有空闲，就帮几个哥哥洗脏衣服，帮继父抬木头、拉锯，继父逢人就夸："我这辈子有福气，天上掉下个好女儿！"

然而，快乐的时光转眼即逝，一场横祸从天而降。

1995年初夏，继父在一次施工队中从三楼摔了下来，瘫痪在床。一根大梁倒下了，整个家庭的经济来源断绝了，而且为给继父治病家里背上了沉重的债务。看着瘫在床上的病父，二哥申建军率先提出辍学，父亲坚决不同意，因为他和老三马上就要高考了，他的成绩在全校名列前茅。接着，老三、老四也要求辍学，好挑起家庭的重担。

正在哥哥们相争不让、继父左右为难之时，小春玲却提出由自己辍学，帮妈妈支撑起这个家。继父流泪了，爷爷、奶奶也不停地抹泪。继父沉痛说：“玲儿，爹对不住你，你的几个哥哥读了这么多年书，现在放弃可惜了，只能委屈你了——”三个哥哥也紧紧握住小妹的手，并在父亲床前共同许下诺言：不论以后谁考上大学，小妹的这份恩情要加倍偿还。

可刚刚走出磨难的春玲母亲却承不住再一次的灾难打击。她从医生口中得知，丈夫很可能终身瘫痪在床，她对这个家彻底失去了信心，更惧怕自己挑起这副沉重的担子，于是决定带着小儿离家出走。任春玲如何哀求，如何劝止，母亲还是在继父受伤三个月后离开了危难的家。母亲走了，家里的支柱又断了一根，爷爷、奶奶成天抹泪，继父唉声叹气，哥哥们心中更是惶恐不安。家里又陷入一片泪雨纷飞中。村里的人们也好心地劝慰春玲：“这里没有你任何亲人了，你也回范泽你姥姥家吧，要不，你会受一辈子苦的！”小春玲坚定地摇摇头：“不，我不能走，俺娘走了俺不能再丢下这个家。”小春玲把哥哥们叫到继父的床前，一字一句地保证道："爹，娘走了，是娘没良心；我不会走，我要留下来陪你们共渡难关，从今天起，我就是你的亲生女儿。"这一年，申春玲年仅12岁。

只要哥哥们有出息了，就是小妹有出息了。小春玲说到做到，她包揽了家里所有的农活和家务，和真正的家庭妇女一样日出而作，日落而息，为整个家庭精打细算地过日子。小春玲知道，这个家要想好起来，首先得让继父好起来，所以，在繁忙的农活之余，她一刻也没有停止为继父治病。

1996年盛夏，由于天气炎热，继父的病情加重，小春玲决定带他去济宁市住院治疗。安顿好家里的事，她拉着板车上路了。80多公里的路程她足足走了两天一夜，走到目的地时，她的脚磨破了，肩也肿得老高。在医院为了节省住宿费，春玲住在医院的自行车棚里，看车的老大爷以为她是讨饭的乞丐，几次往外撵她。

小春玲只好实话实说，老人深受感动，不仅把她睡觉用的板车放在最里边还专门为她找了一顶蚊帐。

在春玲的精心照顾下，继父的病情得到了稳定，她又拉着继父走回了家乡。刚回到家就赶上了麦收。哥哥们都在上学，爷爷奶奶只能帮着做做饭或捆麦子，7亩多地的麦子只能靠春玲一个人。为了抢收，她连续几天都睡在地里，累得实在支撑不住了，就趴在麦垛上睡一会儿，醒来以后接着再割。

由于心急，再加上过度劳累，小春玲的嘴上起了水泡，手脚也磨出了血。她真有些支撑不住了，可剩下的两亩麦子怎么办？这些都是全家人的口粮啊！她急得禁不住在麦地里失声痛哭起来，哭声引来了乡亲们，大伙对她同情不已，七手八脚帮她割完了麦子。这次艰难的麦收，换来了全家的粮食，二哥在高考中也取得了巨大的丰收，他以优异的成绩被上海同济大学录取。手捧着二哥的录取通知书，小春玲似乎忘记了自己的劳累，高兴地跳着、喊着。望着又黑又瘦的小妹，落榜的三哥申建文不由得流下了伤心的泪水，自责地说："我对不起小妹，她为我们受了这么多苦，可我却——"说着痛哭起来。

小春玲慌了，拉住三哥的手，劝道："哥，今年考不上，明年再考，你别灰心！"

小妹的话让申建文更是惭愧不已，他表示不复读了，留在家里帮妹妹。春玲执意不肯，她哭着问三哥："我受苦受累不就是让你们好好上学吗？哥哥们有出息了，就是我有出息了，你怎么就想不通呢！"三哥终于听从了妹妹了劝说，也决定复读，二哥去上海读书的日子越来越近。3000元的学杂费压得全家人喘不过气来。

无奈之际，小春玲想到了卖血。第一次去血站，因年龄太小，医生不给抽；第二次去，她虚报了年龄才被允许抽200CC血。当她拿到400元"营养费"时，脸上的愁容仍没有散去。她知道，这400元钱对于3000元的学费只是杯水车薪。

于是，她第三天又一次来到血站。这一次，医生说什么都不给抽了。

情急之下，小春玲向医生下跪讲述了卖血的原因。医生沉默良久，才叹了口气说："好吧，就这一次，以后可别再来了，你还小正是长身体的时候。"这位好心的医生象征性地给她抽了少量的血，并从自己的口袋里掏出钱，凑了700元钱给了小春玲。小春玲感动得直掉泪。

回到家，春玲如数把钱交给了继父，继父忙问她从哪来这么多钱。小春玲撒谎说是借的。细心的二哥却从她那苍白得没有一丝血色的脸上明白了一切。他抓住小妹的手看了又看，又从她兜里掏了两张卖血的收据，全家人都惊呆了！可是，这些钱还远远不够学费的一半，继父决定卖掉一块老宅地基，爷爷奶奶也决定把他们准备打寿棺的三棵大杨树卖掉。继父不同意，两位老人执意说："小玲子为了咱这个家拼了命了，我们还要那棺材干啥。"

在全家人的努力下，二哥、三哥的学费总算凑齐了。为了让二哥申建军体体面面地去上大学，小春玲连续几个晚上没休息，给哥哥缝制了新棉被和新布鞋。临行前，春玲去车站送二哥，她说："二哥，咱家虽穷，但有志气，你一定好好学习，别担心家里，你在外面也别苦了自己，需要钱尽管来信给家里说，俺给你操办。”申建军再也忍不住了，他把小妹紧紧地搂在怀里，感动得泪流满面。哥哥们上学走了，小春玲开始盘算着怎么赚钱给继父治病、为哥哥们缴来年的学费。

起初，她也想着跟村里的女孩子们外出打工，可家里的三个老人没人照顾，她只能在家想办法。冥思苦想后，她决定种棉花致富。种棉花与种其他农作物不一样，管理起来不仅费事，而且喷洒农药也很危险，可小春玲却在心里盘算着一年下来种棉花大约可收入八九千元，就毫不犹豫地开始忙乎起来。她雄心勃勃地种起了棉花，可不久，鲁西南地区的棉花全部遭受到棉铃虫的袭击。这可急坏了小春玲，身材没有棉花高的她赶紧背着20多公斤重的药桶在棉田里喷洒农药。

她听人说，中午最热的时候，除虫最有效。她就挑中午阳光最强的时候打药，炙热的太阳晒得棉田像个大蒸笼，令她常常喘不过气来，她只好喷洒一行就出来呼吸一下新鲜空气。一天中午，由于药桶漏水，她中毒晕了过去，被村里人发现送了回去。醒来后，她不顾继父劝阻，又挣扎返回了棉田——巴心巴肝地苦做终于换来了棉花大丰收，可由于当年棉花收购价太低，小春玲依然没能攒到她计划的钱。聪明的她又动起了脑筋，什么赚钱她就干什么。

农闲时，她和别人一起收过槐米、柳条，也推销过草帽、黄豆。后来，她听人说泗水的苹果便宜，她又跟着村里的大伯去泗水贩水果。每天晚饭后拉着地排车上路，天亮时赶到苹果园，装上车就往回赶。壮年男子拉一排车，她也拉一地排车。在路上，别人都吃苹果解渴，她却一个也舍不得吃，连烂了点的也留下给继父、爷爷、奶奶吃，四哥申建华看到年仅14岁的妹妹如此艰辛，心中实在过意不去。他决定退学参军，留下来帮妹妹。

小春玲很支持哥哥，她偷偷地劝慰哥哥道："我最羡慕的是军人，留在家里又有什么出息呢？你放心去吧，家里的困难我能顶住。"

经不住小春玲的一再劝说，继父终于同意了。

四哥去部队那天，小春玲从口袋掏出一大把皱巴巴的零钱塞到哥哥手里："哥哥，这是80多元钱，是俺省下来的，你留着零用，到部队后你好好干，争取当个军官回来。"申建华的眼睛湿润了。

1997年春节，是小春玲最快乐的一个春节。除了四哥在部队外，三个哥哥都回来了，并且三个哥哥都为小妹准备了新年礼物。大哥带给她的是一套新衣服，二哥送给了她一条红围巾，就连三哥也给她买了一盒美容霜。小春玲抱着礼物从里屋跑到外屋，不住地跳着笑着，此时的她又恢复了孩子的天性，那么天真活泼。

小春玲喜悦的神情让全家为之动容，继父的脸上也绽开了笑容。他把儿子们叫到床前，说："你们三个哥哥做得对！玲玲太苦了，以后你们有了本事，可以忘了我，但不能忘了你们的小妹。"

在繁忙的农活中，春玲始终不忘给继父治病，一有希望，哪怕山高路远，她也带着继父去。苍天不负有心人，继父的病有了很大的好转，有时还可以拄着拐杖挪步。哥哥们也是学业有成。大哥申建国在完成本科学业后又考取了硕士研究生。

四哥申建华在部队入了党，并被提拔为班长。

1997年9月，三哥申建文高考顺利过关，被山东中医学院录取。

1998年3月，奶奶突然重病，临终前，老人紧紧抓住小春玲的手艰难地说："玲儿，奶奶这辈子不亏，有你这么个好孙女，奶奶真舍不得呀！"说着老人颤抖着从枕头底下摸出一个玉手镯递给春玲，春玲迟疑着没接。爷爷说："玲儿，这是奶奶原本留给你长嫂的，可奶奶想，这个手镯最该给你，你就满足了奶奶的心愿吧！"春玲含泪接过了手镯，老人安详地闭上了眼睛。

奶奶去世后，四哥来信了，说他原准备考军校，可知道奶奶去世后，家里又用了不少钱，他决定放弃。春玲看了信，急了，她马上找人给哥哥去信劝说，并寄去了200元钱，让哥哥买学习资料。她说：“哥哥，考军校是你一辈子的大事，可千万别为了眼前的困难而耽误了一生啊！”就在春玲想着法了鼓励四哥时，出走了几年的母亲突然来信了，原来，母亲离家出走时就偷偷开了个假离婚证明，后来去了平阳县，找了一个做食品加工的老板做丈夫，生活还算可以。她从别人口中得知女儿这几年受的苦难，心里充满了愧疚。母亲来信想让女儿也去平阳县跟着她过，还允诺给小春玲找一个好婆家。读着母亲的信，春玲的眼泪夺眶而出，她恨母亲的无情，可那毕竟是自己的亲生母亲啊！她多想扑到母亲的怀里好好地哭一场，多想跟着母亲过一个正常女孩无忧的生活。可她怎能舍弃这个家，这个家虽穷，但家人都是真心地疼她爱她啊！

善良的继父看出了她的忧虑，劝她道：“玲儿，你去找你娘吧，爹不怪你，咱家这么苦，会拖累你一辈子的，爹也于心不忍啊！”春玲咬了咬嘴唇，双膝跪在继父的床前：“爹，再大的苦俺都能吃，您可千万别赶俺走。”春玲让人代笔给母亲写了一封回信，拒绝了母亲的要求。

她一如既往地为这个家操持着。为了给四哥多筹点钱买学习资料，1998年8月的一天，小春玲又一次想到了卖血。在她的再三请求下，医生一次为她抽了300CC血，原本身体虚弱、营养不良的她此时更加虚弱。她强打起精神去邮局汇钱。

没想到，过马路时一恍惚，她被一辆满载着钢筋的大卡车挂倒，沉重的车轮从她身上轧过——噩耗传来，爷爷承受不住打击，病倒在床上，继父四度昏厥过去。

三哥申建文是第一个知道消息赶到家的，他扑倒在妹妹的遗体前，哭昏了过去。

二哥申建军接到电报后，在火车上两天没吃没喝，哭着从上海站着回到家乡。

远在西安的读研究生的大哥申建国闻讯失声痛哭，他实在抽不出空回家奔丧，流着泪为小妹发来唁电：亲情小妹，你用母亲般的胸怀挑起一个沉重的家；至爱小妹，你用脆弱的双肩撑起一片希望，我们永远爱着你——亲情小妹。

刚刚收到桂林陆军学院录取通知书的申建华同时收到了妹妹的噩耗，他当场晕倒在训练场上。醒来后他也匆忙赶回了家乡。

按当地的风俗，未成年的人死后不仅不能举行葬礼，就连祖宗的“老林”也不能入。

小春玲到继父家四年，除了改姓，连户口也没来得及报，所以，她还不能算村里的人。可村里的长辈们深深地被这个“亲情义女”的大仁大义感动，不仅破例为她举行了最高规格的葬礼，而且还在祖宗的“老林”为她选择了一块坟地。老人们流着泪说：“这么好的闺女，死了再不能让她受委屈了。”

曾经采访过申春玲的山东省女作家刘红也赶来参加了葬礼，并为她撰写了祭文：

你，宛如山涧一朵野花，你，又是天边的一抹云霞，悄悄地来了，又悄悄地走了。

柔弱的双肩担起满腔挚情，幼小的心灵托起一个完整的家，年轻的岁月，本应如诗如画，如丝如缕，可是你的面前却堆满了太多的艰辛和沉重，一个毫无血缘的家，演绎出一番轰轰烈烈的真情；一个小小的你，虽不惊天地，泣鬼神，可又让许多天下人为这动情。

你走了，走得那么轻，那么轻，轻得像天边那朵云；你留下的情又是那么重，那么重，重得像巍峨的泰山。

So Red

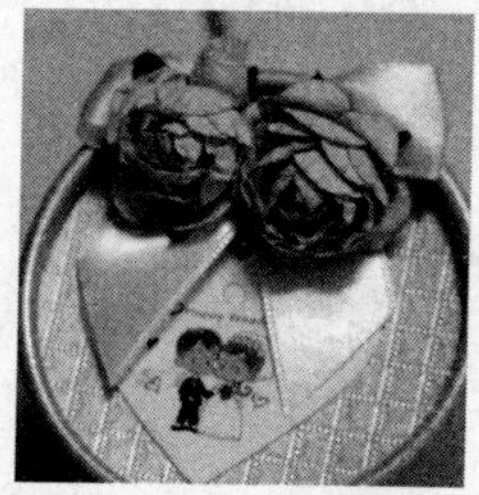

Title /索玛花儿为什么这样红

Author /张严平 田刚

眼前这位苗族汉子矮小、苍老，40岁的人看过去有50开外，与人说话时，憨厚的眼神会变得游离而紧张，一副无助的样子，只是当他与那匹驮着邮包的枣红马交流时，便透出一种会心的安宁。

整整一天，我们一直跟着他在大山中被骡马踩出的一趟脚窝窝里艰难地走着，险峻处，错过一个马蹄之外就是万丈悬崖。

傍晚，就地宿营，在原始森林的一面山坡上，大家燃起篝火，绕成圈儿跳起了舞。他有些羞涩地被拉进了跳舞的人群，一曲未了，竟跳得如醉如痴。

“我太高兴了！我太高兴了！”他嘴里不停地说着，“今晚真像做梦，20年里，我在这条路上从没有见过这么多的人！如果天天有这么多人，我愿走到老死，我愿……”忽然，他用手捂住脸，哭了，泪水从黝黑的手指间淌落下来……

这就是那个一个人、一匹马、一条路，在大山里默默行走了20年的人吗？

这就是那个20年中行程26万公里——相当于21趟二万五千里长征、绕地球赤道6圈的人吗？

这就是那个为了一个简单而又崇高的使命，在大山深谷之中穷尽青春年华的人吗？

我流泪了。

在这个高原的夜晚，我永远地记住了他——四川省凉山州木里藏族自治县马班邮路乡邮员王顺友。苗族名字：咪桑。

如果说马班邮路是中国邮政史上的“绝唱”，他就是为这首“绝唱”而生的使者。

王顺友的话不多，却见心见肝。他说，他常常觉得自己这一辈子就是为了走邮路才来到人世上的。

马班邮路在正式文字中被定义为“用马驮着邮件按班投送的邮路”。在21世纪的中国邮政史上，这种原始古老的通邮方式堪称“绝唱”，而在木里人的眼里，这却是他们唯一的选择。

木里藏族自治县位于四川省西南部，紧接青藏高原。这里群山环抱，地广人稀，平均每平方公里的地面上只有9个半人。全县29个乡镇有28个乡镇不通公路、不通电话，以马驮人送为手段的邮路是当地乡政府和百姓与外界保持联系的唯一途径。全县除县城外，15条邮路全部是马班邮路，而且绝大部分在海拔4000米以上的高山。

王顺友至今记得，他8岁那年冬天的一个夜晚，做乡邮员的父亲牵着马尾巴撞开家门，倒在地上。“雪烧伤了我的眼睛。”母亲找来草药煮沸后给父亲熏眼。第二天清早，父亲说，看到光亮了。他把邮件包往马背上捆。母亲抱着他的腿哭。父亲骂她：“你懂什么！县里的文件不按时送到乡上，全乡的工作就要受影响。”

11年后，父亲老了，他把邮包和马缰绳交到了19岁的儿子手上，那一刻，王顺友觉得自己长大了。他开始沿着父亲走过的邮路起程，负责木里县至白碉乡、三桷亚乡、倮波乡、卡拉乡的马班乡邮投递，邮路往返584公里。

年轻的乡邮员第一次感受到了马班邮路的遥远和艰辛。他每走一个班要14天，一个月要走两班，一年365天，他有330

天走在邮路上。他先要翻越海拔5000米、一年中有6个月冰雪覆盖的察尔瓦山，接着又要走进海拔1000米、气温高达40摄氏度的雅砻江河谷，中途还要穿越大大小小的原始森林和山峰沟梁。他这样描述自己的生活：冬天一身雪，夏天一身泥，饿了吞几口糌粑面，渴了喝几口山泉水或啃几口冰块，晚上蜷缩在山洞里、大树下或草丛中与马相伴而眠，如果赶上下雨，就得裹着雨衣在雨水中躺一夜。另外，他还要随时准备迎接各种突来的自然灾害。

有一次，他走到一个叫白杨坪的地方，下起了暴雨，路被冲毁了，马一脚踩滑跌向悬崖间，他想伸手去拉，也掉了下去，幸亏双双被一棵大树挡住。他摔得头破血流，眼睛和半边脸肿得没了形。当时他真想大哭一场，盼望着有个人来帮一下多好啊！可是除了马、邮件，什么都没有。

这些艰辛在王顺友看来还不是最苦的，最苦的是心头的孤独。邮路上，有时几天都看不到一个人影，特别是到了晚上，大山里静得可怕，伸手不见五指，他能感觉到的只有风声、水声和不时的狼嚎声。家中操劳的妻子、年迈的父母、幼小的儿女……此刻就会像走马灯一样在他的脑子里转，泪水落下一行，又落下一行。于是他便喝酒，让自己的神经因麻木而昏睡过去，因为明天还要赶路。

如果仅仅是为了一个饭碗，王顺友在这条马班邮路上或许早就坚持不住了。让他最终坚持下来的，是这条邮路传达给他的一种神圣。

“每次我把报纸和邮件交给乡亲们，他们那种高兴劲就像过年。他们经常热情地留我住宿，留我吃饭，把我当成共产党的大干部。这时，我心里真有一种特别幸福的感觉，觉得自己是一个少不得的人！”这是王顺友最初感受到的乡邮员工作的价值。

白碉乡乡长王德荣曾对他说过这样的话：“你的工作虽然不是惊天动地，但白碉乡离不开你。因为你是我们乡唯一对外的联络员，是党和政府的代表。藏民们有一个月看不见你来，他们就会说，‘党和政府不管我们了。’你来了，他们就觉得党和政府一直在关心着他们！”这话让王顺友心里滚烫。

一次，顺友把邮件送到倮波乡政府，就在他牵着马掉头的时候，看见乡干部正翻阅着报纸说：“西部大开发太好了，这下子木里的发展要加快了！”

一时间，王顺友高兴得像是喝了蜜，因为乡干部看的报纸是他送来的，这薄薄的一张报纸竟有这么重的分量？！他越来越觉得乡邮员工作了不起。

于是，王顺友在马班邮路上一年一年地走下来，至今已经走了20年，而且还在继续走着。邮路上的每一天，他都是穿着那身绿色的邮政制服，他说：“山里乡亲们盼望我，其实是盼望穿这身制服的人。”邮路上每一天，他都像保护命根子一样保护着邮件，白天邮包不离身，晚上邮包当枕头，下雨下雪，他宁肯自己淋个透，也要把邮包裹得严严实实。

邮路上的每一天，他都会唱起自编的山歌，雅砻江的苗族人本来就爱唱歌，他说：“山歌是我的伴，也是我的心。”

翻一坡来又一坡，
山又高来路又陡，
不是人民需要我，
哪个喜欢天天走。
太阳出来照山坡，
照亮山坡白石头，
要学石头千年在，
不学半路草鞋丢。

这是王顺友无数山歌中的一首，邮路成为他心中一道神圣的使命。既然他深爱着自己大山连大山的故乡，既然他牵挂着山里的乡亲们，既然他崇敬着像太阳一般照耀着大山的共产党和人民政府，既然他生在中国邮政史上马班邮路的“绝唱”之年，那就上路吧！一个心怀使命的人，才是一个有价值的人。

如果说马班邮路是一种“心”的冶炼，他在这冶炼中锻铸了最壮美的词句——“忠诚”。

王顺友爱看电影，特别爱看关于英雄的电影，他说，这是父亲给他的遗传。父亲年轻时参加过“剿匪”，打仗不怕死，常教导儿子不要向任何敌人投降。

当王顺友第一次在电影《英雄儿女》中看到那个高喊“向我开炮”的王成时，便敬佩上了他。“王成和我一个姓，他不怕死，为了党，命都敢丢。现在没有打仗的机会了，把信送好就是为党做事。”

1988年7月的一天，王顺友往倮波乡送邮件，来到雅砻江边，当时江面上还没有桥，只有一条溜索。他像往常一样先把马寄养在江边一户人家，然后自己背上邮包，把绳索捆在腰上，搭上滑钩，向雅砻江对面滑去。快滑到对岸时，突然他身上挂在索道上的绳子断裂了，他大叫一声，从两米多高的空中狠狠地摔下去，万幸，落在了沙滩上，但邮包却被甩进江里，顺水漂去。王顺友疯了一般，不识水性的他抓起一根树枝就跳进了齐腰深的江水中，拼命地打捞邮包，等他手忙脚乱地把邮包拖上岸后，人一下子瘫倒了。岸上有人看到这惊险的一幕，连说他傻，为了一个邮包，命都不要了。他说：“邮包比我的命金贵，因为那里面装的都是政府和乡亲的事！”

2000年7月一天的傍晚，他翻越察尔瓦山时，突然从树丛中跳出两个劫匪，嚎叫着命令他把钱和东西都交出来。他本能地向前跨出一步，用身体护住了驮在马背上的邮包，大声喝道："我是乡邮员，是为党和政府服务的，是为乡亲们送信的。要钱没有，要命有一条！"说着，他抽出随身携带的柴刀，死死地盯着劫匪。两个劫匪一时竟被这个一身正气的乡邮员吓呆了。趁他们出神的空当，王顺友疾步上马，冲了过去。事后有人送他一个绰号"王大胆"，他说，"其实我心里也怕得很，是这身邮政制服给我壮了胆。"

这身邮政制服给予王顺友的何止是胆，它给了他一个马班邮路乡邮员的最高品质——忠诚。这也是他作为一个共产党员对党的事业的忠诚。忠诚洒满了他邮路上的每一步。

1995年的一个秋天，王顺友牵着马走过雅砻江上刚刚修建起的吊桥，来到了一个叫"九十九道拐"的地方。这条由马帮踩出的羊肠小道陡峭地盘旋在悬崖峭壁之间，走在这条路上，马的粪便可以直接落在后面的马和人身上，跟在后面的人只能看到前面马的尾巴，路的下面便是波涛汹涌的江水，稍有不慎，就会连人带马摔下悬崖，掉入江中。

王顺友小心翼翼地跟在驮着邮件的马后边，一步一步地向前迈，眼看就要走出"九十九道拐"了。突然，一只山鸡飞出来，吓得马一个劲地乱踢乱跳，他急忙上前想拉住缰绳，谁知刚一接近，受惊的马抬起后脚便朝他蹬来，正蹬中他的肚子，一阵剧疼之后他倒在了地上，头上的汗水大颗大颗地往下落。

过了很久，受惊的马终于安静下来，它回头看着主人痛苦的样子，眼神变得悲哀而凄婉，用嘴一下一下不停地蹭着王顺友的脸。王顺友流泪了，他抬起手向马做了一个手势，告诉它不要难过，他不怪它。他忍着疼痛慢慢地站起来，牵上自己的伴，继续上路了。一路上疼痛不断加剧，他走走停停，停停走走，实在挺不住了，就倒在地上躺一会儿，就这样，坚持把这班邮件全部送完。

9天以后，他回到木里县城，肚子已经疼得受不了。邻居用拖拉机把他拉到了医院，医生检查后大吃一惊：大肠已被踢破，由于耽搁时间太久，发生严重的肠粘连，肚子里到处都是大便和脓血。医生说，再晚些时间，命就没了。经医院全力抢救，王顺友总算保住了一条命，但他的大肠从此短了一截，留下终身残疾，肚子经常作痛。

我直截了当地问王顺友，有没有想过不干这份工作了，哪怕去打工。

他认真地告诉我：“不可能。乡亲们需要我，他们等着我带给他们亲人的消息，乡政府盼着我带给他们党的声音。我做这个工作是给党和人民做事，有人喜欢我；如果我打工，只是个人挣钱，没人喜欢我。我只有为党和人民做事，心里才舒坦，好过。”

这个苗族汉子的话，句句都是从心窝里淌出来的。正是凭着这样一颗心，20年来，他没有误过一次邮班，没有丢失过一封邮件和一份报刊，投递准确率达到百分之百。

“山若有情山亦老”。如果王顺友走过的邮路可以动情，那么，这里的每一座山，每一道岭，每一棵树，每一块石头，都将洒下如诗如歌的泪水，以敬仰这位人民的乡邮员，用20年虽九死而不悔的赤心，锻铸了一个共产党员对党和人民事业的最高贵的品质——“忠诚”。

如果说马班邮路是一条连接党和人民的纽带，他就是高原上托起这纽带的脊梁。

跟着王顺友一路跋涉，终于来到了他送邮路上的第一个大站白碉乡。路边等候着一群乡亲，见到他，都围了上来。有人给他递茶，有人往他口袋里塞鸡蛋，还有一个乡亲竟然抱来一只活生生的老母鸡捆到了他的马背上。王顺友像个远道回家的大孩子一样高兴，牙龈都笑得露了出来。晚上，坐在一户乡亲家的小院里喝酥油茶，他对我讲：“每次走到乡上都是这样，乡亲们需要我，我也离不开他们。”

山里人交朋友是以心换心。他们对这位乡邮员的情意，让我更深切地触摸到了王顺友的一颗心。

1998年8月，木里县遭受百年罕见的暴雨和泥石流袭击，通往白碉乡的所有大路、小路全被冲毁，这个乡几乎成了一个与外界隔绝的孤岛。按规定，这种情况王顺友可以不跑这趟邮班。但是，当他在邮件中发现了两封大学录取通知书时，便坐不住了。他清楚地知道对于山里的孩子来说，这两份通知书意味着什么。“我决不能耽搁娃儿们的前程！”他上路了。

王顺友是怎样拽着马尾巴连滚带爬地走到白雕乡，他已经记不清了。但是当年接到通知书的布依族女孩海旭燕和藏族女孩益争拉初的家人至今都清楚地记得，当他们在连日的绝望中打开家门，看到一身水、一身泥、腿上流着血的王顺友，从怀里掏出那封用塑料袋裹得严严实实、滴水未沾的大学录取通知书时，全家都哭了。

现在，这两个女孩都已经大学毕业，参加了工作。益争拉初的父亲王八金红着眼圈说：“咪桑是一个最忠诚的人，是我们这里离不开的人！”

王顺友的确是大山里离不开的人。因为他的付出，乡亲们更多的感受到了大山外面世界的温暖。

邮路上的深山里零零星星地散居着一户户人家，他们附近没有集镇，更没有邮局，王顺友就成了这条路上的“流动邮局”。20年中，他代收、代发信件和包裹不计其数。他走邮路的时候，总有一些乡亲拿着信件和包裹早早在路边守候着，请他代寄到外地。很多山里的人不知道邮寄信件和包裹是需要邮资的，每次王顺友都是一声不响地收下，回到县城后，再自己掏钱贴上邮票或付上邮费，把它们寄出去。

山里的居民，生活大都十分贫困，他们与外界的联系常常仅仅是买些盐巴、茶叶，而就这点东西也得在大山里往返三四天才能买到。看到这些情景，王顺友心里很难过，便在每次跑邮路时，装上几包盐巴、茶叶和药，山里人谁需要了，他就递上一包。看到他们接过包包时脸上绽放出的笑容，他心头便有一种很幸福的感觉。

王顺友的路上要经过鸡毛店村和磨子沟村两个彝族聚居区。这里的乡亲们祖祖辈辈只种土豆、包谷和荞麦，不懂种蔬菜，他们的饭碗里常年看不到绿颜色。王顺友从县城里买了白菜、青菜、萝卜、莲花白等各种菜种子，送给两户人家，手把手地教他们怎么种，怎么管理。当这两户人家的菜园子里长出绿油油的蔬菜后，邻居们都来学了，王顺友又买了种子送给他们。现在，这两个村的家家户户都有了自己的菜园子。

好事做多了，乡亲们都说王顺友是雷峰。他说："我比不上雷峰，但我要学雷峰。"

按照规定，乡邮员只要把信件送到每个乡的乡政府就算圆满完成任务。但王顺友总是坚持把信件直接送到农户。他说："乡里的干部忙，没时间送信，让乡亲们跑老远的路到乡上来取信，我不忍心。我多走几步，大家都方便了。"

有一年冬天，雪下得很大，王顺友从木里走到白碉乡已经是第三天了，他的手上有一封寄给白碉乡呷咪坪村陶老五家的信，猜想可能是陶家十多年没有音信的女儿写来的，便巴不得让他们立刻看到。于是，他放下乡里的报纸，水没喝一口，又上路了，在雪地里走了10多公里，把信交到了陶老五的手上。信果然是陶家女儿写来的，说她已经在外面结婚生子，还附了一张孩子的照片。陶家人喜极而泣，王顺友也高兴地流泪了。

1997年，从木里县城到白碉乡的公路全线贯通，乘车只需要四个小时就可以到达。按照规定的投递点，王顺友可以改道走公路直达白碉，既安全又省力。可他依然牵着马，翻山越岭步行两天到白碉。有人想不明白，说他傻。他却说："不是我傻。如果改道，我是方便省力气了，可雪山下那些托我带信、带包裹的乡亲们就不方便了。所以，我还要继续走这条路！"

2004年秋天，国家组织的为老少边穷地区白内障患者免费实施复明手术的"健康快车"驶进木里。木里县残联的同志把通知书交到王顺友的手上，希望在"健康快车"离开木里之前能把它送到倮波乡，因为那里有因白内障而失明的老人。当时王顺友正患胃痛，可他什么也没说，牵着马上路了。他几乎是一路急行军，没有吃过一顿安稳饭，没有睡过一个安稳觉，只要两条腿能动，他就不停歇地走。结果，7天的路，竟用4天赶到了。这时，他已经被病痛和过度的劳累折磨得不成样子，两手捂着胃，脸白得像纸，虚汗不停地往下淌，连说话的力气都没有了。他被送进了乡医院。

当天晚上，“健康快车”的消息传遍了倮波乡每一户人家，王顺友为送通知生病的消息也随之传开了。第二天一大早，乡亲们涌到了医院，一位双目失明的藏族老阿爸，拿着家里仅有的几个鸡蛋，让人搀扶着来到王顺友的病床前，拉着他的手，不停地抹泪，嘴里反复地念叨着：“我的儿子！我的儿子！”

一颗金子的心，换来的是金子的情。马班邮路沿途的乡亲们都把王顺友当成自家的亲人，每当他要来的日子，许多人家就会等在路边，拉他到家里喝茶吃饭，走时，他的口袋里会塞满鸡蛋、核桃、水果等各种好吃的东西。

2003年冬天，王顺友送邮途中胃病犯了，躺倒在倮波乡一户叫邱拉坡的人家。他歇了半天，坚持要继续上路。邱拉坡劝阻无效，又放心不下，于是就把手头上的活交代给家人，陪着生病的王顺友一起上了路，走了整整6天，直到把邮件送完，又把王顺友送回木里家中。

王顺友是幸福的，他的幸福来自于他的工作。尽管他长年一个人默默地行走，但是他的胸膛间却激荡着大山内外的心声；尽管他身躯矮小，但是他却在党和人民之间托起了一条血脉相连的纽带；尽管他朴实如石，但是他又挺立如山。他就像高原上的一道脊梁，用无声的力量实践了自己心中一个朴素的信念：为党和政府做事了不起，为人民做事了不起！

如果说马班邮路是一个人的长征，这条长征路上凝结着他全家人崇高的奉献。

一提到家，王顺友总是说："我有三个家，一个在山上，一个在路上，一个在江边。"

江边的家是他住在雅砻江边白碉乡老家的父母的家。这个家厚载着对他的养育之恩，他本当在父母的膝前尽孝，然而，老父亲在把马缰绳交给他的那一天告诉他："你只有为政府和乡亲们把这件事做好了，做到底，才是我的好儿子！"一句话，交给了他如山的使命，也让他永远地负了一份做儿子的心债：是他的弟弟们在替他这个长子孝敬着老人，最疼他的老母亲活着没有得到他一天的照料，临病逝前，喊着他的名字，见不到他的身影。那一刻，他正在邮路上翻越雪山。从此，顶着蓝天的雪山，成为他心中永远的痛！

山上的家是他和妻子儿女在木里城外一个叫绿音塘的山

腰间建起的清贫小窝。他和妻子韩萨结婚那年，也正是他从父亲的手里接过马缰绳的那年。他们结婚20年，他在邮路上跑了20年，20年算下来在家的日子不到两年。三亩地，三头牛，十几只羊，四间土坯房，一双儿女——这个家全部是由妻子一个人苦苦撑起来的。韩萨说她自己是“出门门里没人，进门门外没人”，想得太苦了就拿出丈夫的照片看看。由于操劳过度，她的身体很差，常年生病。而这样的时刻，王顺友总是在路上。

有一次，韩萨病了，因为没有钱，去不了医院。当时儿子在学校，女儿去了亲戚家，她只好一个人躺在家里苦熬着。不知道熬了几天几夜，当王顺友从邮路上回来时，她已经说不出话来，望着丈夫，只有眼泪一股股地往下流。王顺友向单位的工会借了1000元钱，把妻子送进了医院，服侍了她3天。3天后，妻子出院，他又要上路了。握着韩萨的手，他心头流泪，轻轻说：“人家还等我送信呢！”善良的女人点点头。

这样的记忆，又何止一次两次。那一次，是邻居发现了几天不吃不喝、已经病得奄奄一息的韩萨，撒腿跑了两个多小时，赶到县邮政局报信，才保住了她一条命。而那时，王顺友离家还有3天的路程。

有人曾问韩萨，想不想让王顺友继续跑邮路？她的眼泪一下子出来了。“只要他天天在家，哪怕什么活也不干，我也高兴。可他送信送了20年，你要让他不送，他会受不了的。邮路是他的命，家是他的心哪！”

韩萨真的是最懂得王顺友的女人，这个家的确是他放不下的心。他有一本发了黄的皱巴巴的学生作业本，每一页上面都记满了他在邮路上唱的山歌，其中很大一部分是相思相盼的情歌。他说：“那是唱给韩萨的。”说这话时，他眼里有泪。

高山起云遮住山，
马尾缠住钓鱼竿，
藤儿缠住青岗树，
哥心缠住你心肝。
獐子下山山重山，
岩间烧火不见烟，
三天不见你的面，
当得不见几十天。

优美哀婉的歌词里，蕴满了多少离别之苦。

幸福因为稀少而珍贵。王顺友对家人的每一点细微处，都流淌着这个情重义重的苗族汉子的挚爱。邮路上乡亲们塞给他的好吃的东西，哪怕是一个果子，一颗糖，他从来舍不得吃一口，总是带回家，让妻子儿女品尝；每一趟出门，他总是把家里的事一件件安排好，把妻子要吃的药一片一片地数好，包好，千叮咛，万嘱咐。他对我说："每次从邮路上回来，当老远能看见半山腰的家时，心里就开始慌得不得了啦，巴不得一纵身就跳到家里，剩下的两小时的路，几乎是一路小跑……"

扁担挑水两头搁，顾得了一头，顾不了另一头。王顺友对家人的愧疚或许是他一辈子都无法释怀的。他说："马班邮路总得有人去走，就像当年为了革命胜利总得有人去牺牲。为了能传达党和政府的声音，为了能让更多的乡亲们高兴，我这个小家舍了！"

小家舍了，路上的家却让他付出了几乎生命的全部。在这个家，马是他的最爱。他说："这么多年，跟我度过最苦、最难、最多的日子都是马，我跟我妻子儿女在一起的日子还没有马多，我心里所有的话都跟马说过！"

20年里，王顺友先后有过30多匹马，他能说得出每一匹马的脾气性格，还都给他们起了好听的名字。其中有一匹叫青龙的马，一身雪白，跟上他的时候只有5岁，一直伴他走了13年。这匹特别有灵气的马，能记得王顺友在邮路上每一处习惯休息的地方，每当天色渐晚，看到主人因疲倦而放慢了脚步时，它就会用嘴咬咬他的肩头，意思是说快点走。然后，便会独自快步向前走去，等王顺友赶到休息的地方时，它早已安静地等候在那里了。

让王顺友最为刻骨铭心的是，这匹马救过他的命。

2005年1月6日，王顺友在倮波乡送完邮件后往回返，当他牵着马走到雅砻江边直奔吊桥时，不知怎的，青龙四个蹄子蹬地不肯走了。王顺友看到一队马帮上了吊桥，仅离着十几米远，他想同他们搭个伴，便大声喊："等一等……"可他的青龙一步不动。正当他急得又拉又扯时，一个景象让他惊呆了：吊桥一侧手臂粗的钢缆突然断裂，桥身瞬间翻成九十度，走在桥上的3个人、6匹马全部掉到江中，转眼间就被打着漩涡的江水吞没了。半天，他才回过神来，抱住他的青龙哭了。

这匹马现在已经18岁，他把它寄养在了一个农户家，隔上一些日子就去会看看。他说，平原上的马一般寿命30年，而天天走山路的马只能活20年。像青龙这样的好马，他还有过几匹，但有的老了，有的伤了，也有的已经死了。县上和省里的电视台拍了不少他和马在邮路上的片子，他从来不看。因为一看到他的那些马，心头就会流泪。

20年里，他给了马太多的爱。

在他每个月拿到手的800多元工资中，光买马料就要贴上200元。尽管单位每月发的70元马料费够吃草，可他还要给马吃很多苞谷。他常说，马只有吃得好，身上才有力气，走路才走得凶。

邮路上，即使走得再苦，他从来舍不得骑马，甚至当看到马太累时，他会把邮包从马背上卸下来，抗在自己身上。

马给了王顺友太多的安慰。

他最愿看的电视节目是赛马；他最愿去的地方是马市；他最感激的人是北京密云邮政局职工哈东梅和凉山州委书记吴靖平等几位他叫不出名字的捐赠者，他现在的两匹马就是他们送的。记得他第一次接过吴书记送的那匹马时，来不及说一句感谢的话，一把拉过马头，双手扳开马嘴看牙口，连声道："好马！好马！"说完就流泪了。因为他没有想到，20年，他只是干了自己应该干的事，却得到了这样贴心的鼓励。他说，"只要能走得动，我就一直走下去！"

真的无法想象没有马的日子王顺友该怎么过。前不久，他做全国劳模去北京开会的那几天，每天晚上躺在宾馆松软的床上，就是睡不好。他说，和马在一起睡惯了，有马在，心头就安稳，没马在，心头空落落的，即使迷糊上一会儿，又梦见自己牵着马走邮路。

三个家，三重情，三份爱。王顺友因它们而流泪，也因它们而歌唱；因它们而痛苦，也因它们而幸福。有人问，这三个家哪个最重要？他说："哪个都放不下。"放不下，是因为连得紧。三个家，家家都连着同一颗心，一颗为了马班邮路而燃烧的心！

如果说马班邮路是高原上的彩虹，他就是绘织成这彩虹的索玛。

王顺友牵着马一步一步专注地走着，从后面望过去，他的背驼得很厉害。

在一般的工作岗位上，40岁正是一个黄金年龄，但对马班邮路上的乡邮员来说，40岁已经老了。和其他的乡邮员一样，王顺友患有风湿，头痛，胃痛等各种病症，另外，他还患有癫痫病，现在每天要靠吃药控制病情。

这位在木里的马班邮路上走得年头最长的人，还能走多远呢？

他说："走到走不动为止。"

我问："如果让你重新作一次选择，还会走马班邮路吗？"

"那不会变。"

"为什么？"

"马班邮路把我这一辈子的心打开了，为党和政府做事，为乡亲们做事，让我活得舒坦，敞亮！也让我觉得，自己在这个大山里是个少不得的人呢！"

"在一般人看来，一个牵着马送信的人能有多重要？"

"我们木里山太大，太穷，没有邮路，乡亲们就会觉得心头孤独了。现在我们有十几条马班邮路，十几个乡邮员，每个人跑一条路，不起眼，可所有这些路加起来，就把乡亲们和山外面的世界连在一起了，就把党与政府和木里连在一起了！”

我的心被一种热辣辣的东西涨得满满的。

五月的凉山，漫山遍野盛开着一片一片火红的花儿，如彩虹洒落在高原，恣意烂漫。同行的一位藏族朋友告诉我，这种花儿叫索玛，它只生长在海拔3800米以上的高原，矮小，根深，生命力极强，即使到了冬天，花儿没了，它紫红的枝干在太阳的照耀下，依然会像炭火一样通红。

噢，索玛花儿……

Silver Button

Title /爱，不过就是藏在布丁里的银纽扣

Author /佚名

5年前，安妮还是一个纽约姑娘，却怀着一种复杂的感情和“乡巴佬”瑞克结了婚。

当时她在读大学，相依为命的父亲突然身患绝症。如果不是父亲好友的儿子瑞克从佛罗里达乡下赶来纽约，用微薄的积蓄支付昂贵的医疗费并且精心照料病重的老人直至故世，安妮一个人是无论如何都扛不过来的。父亲临终前，希望女儿能够嫁给瑞克，安妮几乎是下意识地就答应了。可是在心里仔细掂量后，她发现对瑞克只是感激，而爱情毕竟是另一回事啊。

安妮不是性格外向的人，她把自己真实的想法藏起来，和瑞克结了婚。而对瑞克这种地道的乡下人来说，娶了生长在大城市的安妮简直像是娶了一位天仙。瑞克在一家公司找了份推销员的活儿，虽然非常辛苦，但为了优厚的薪金和补助，他干得特别起劲。要知道，这些钱能支付住房贷款和安妮的大学学费。

蜜月的时候，安妮第一次尝到了瑞克做的家乡布丁。她吃着吃着，忽然感觉牙被什么东西硌了一下。吐出来，是一颗小小的银纽扣。瑞克微笑说："这是我们老家的习俗，谁吃到藏着银纽扣的布丁，一定会有好运气。"安妮不知所措地瞪了银纽扣很久，她并不相信那颗小玩意能带来什么好运，不过心里却很真切地有种温馨的感觉。

以后的日子里，布丁几乎成为家庭生活的必备品。瑞克不断地将布丁的花样翻新，或调和各种口味的果汁，或将表皮上的果仁换成蜜饯。不管怎么改变，安妮总是能吃到那个藏着银纽扣的布丁。安妮不是傻瓜，当然想得到这一切都在瑞克的设计之下。有些时候，她会对装在盘子里的布丁挨个儿地比较、研究，但始终看不出里面的玄机。

大学毕业后，安妮进入一个大公司，凭才华和勤奋，短短3年就受到上司器重，晋升为部门主管。此时的安妮有了一些经常性的应酬和交际，回家和丈夫团聚的时间自然就少了。

对安妮而言，这是一片崭新的充满诱惑的天空，她的眼界和心界逐渐被打开，也开始有了更多向往甚至奢求。说不清从什么时候起，她对自己不咸不淡的婚姻有了厌烦感。就在这时，一个叫罗杰斯的男人闯入了安妮的视线，他在第五大街上经营着一家律师事务所，身兼一些知名企业的法律顾问。

罗杰斯刚过而立之年，相貌英俊，气质洒脱，谈吐不凡，所有这些都契合了安妮少女时代心中“白马王子”的形象。不久，安妮的公司聘请罗杰斯帮助解决一桩商务纠纷，而安妮正是董事会委派的代表。二人初次见面给彼此留下了良好印象，后来他们又有了更多接触。

那是一段格外愉快的日子，直到事务全部结束。当罗杰斯对安妮发出周末的约会邀请时，她才意识到彼此的好感原来是另有深意的。她犹豫了一下，言不由衷地说自己打算回家和丈夫在一起，随后她谈起瑞克，谈起那些美味的家乡布丁。罗杰斯听了，不仅没有丝毫退缩的意思，反倒拿出在法庭上咄咄逼人的姿态，他抓住安妮的手，很率性也很自信地说：“给我机会和时间，我会做得更好。”翌日，他打电话给安妮，他说自己买了专业的面点书，还聘请了专业面点师教自己做布丁。

安妮的内心翻腾起来，没想到一个小小细节显示出罗杰斯对她的真情。安妮想到了离婚，可是怎么对瑞克说呢？她试图从几年的婚姻里挑出瑞克的毛病，但奇怪的是，她脑海里全是他的好。罗杰斯问：“难道就不能直接告诉瑞克，你爱上了别人吗？”安妮本能地回答：“不行，那样会让瑞克伤心的。”

又拖了一些日子，公司董事会宣布了即将在欧洲建立分部的决定。这个消息传到罗杰斯耳朵里，他灵机一动：如果安妮被派往欧洲，不就可以用长期分别的理由向瑞克提出离婚吗？安妮的心终于被说动了，她积极争取到先期赴欧洲考察的机会，甚至在行前无理取闹地和瑞克争执了几次。她觉得，或许这种方法能使瑞克因气恼而淡漠对她的感情。

半个多月的考察期一晃就过去了，当安妮返回纽约时，破天荒地没有看见前来迎接她的瑞克。一时间，她的心里有点失落，但转念一想，她觉得是自己的伎俩奏效了——这样也好，省得将来离婚的时候他放不下。

当罗杰斯开车准时出现在机场门口时，安妮似乎得到一点安慰。那是圣诞节的傍晚，罗杰斯将安妮带到自己的住处。屋子里的音乐悠扬回响，餐桌上点着蜡烛，还有红玫瑰和葡萄酒，一切都是那么浪漫，安妮深深地陶醉了，她决定第二天就回家和瑞克摊牌。

罗杰斯从厨房端出一盘刚刚做好的布丁，小巧的金黄色布丁散发着一点草莓香，上面撒了一些紫褐色的冰提子干。罗杰斯好像没有理会安妮的愕然，他殷勤而绅士地给她斟酒，然后一边陪她吃布丁一边说：“你离开的这些天，有个男人来找我。他很耐心地教我做这种家乡布丁，还有一个小秘密，就是在藏着银纽扣的那个布丁上嵌一颗松子。面粉在受热膨胀后，松子会脱落，可是布丁表面会留下一个微微凹进的印记，像颗不易察觉的小水滴。以前他一直这么做，希望把所有的好运都给妻子；后来发觉妻子移情别人，他便把这个秘密教给情敌，希望能延续一份不动声色的爱。” 罗杰斯从盘子里挑出一个布丁，对着烛光让安妮看那个小小的印记。他用手指轻轻一掰，一颗安妮再熟悉不过的银纽扣掉在盘子里，尽管它早已失去本来的光泽，却依旧发出清脆而撼人心魄的叮当声。安妮终于明白，这颗银纽扣其实就是爱，是自己一直在尽情享有的爱，也是自己一直毫无察觉的爱。

两个人沉默了很久。

罗杰斯饮尽杯里的葡萄酒，他有些忧伤，但还是决然地拿起电话递给安妮：“平心而论，我自知在很多方面都比瑞克出色，只有对你的爱，我实在不能做得比他更好。”

百感交集的安妮流着泪，拨通了那个再熟悉不过的号码。接通的一刻，她哽咽地说不出话，电话那头传来瑞克温和的声音：“嗨，如果一切都过去了的话，欢迎你回家来。”

圣诞夜的纽约，到处是浪漫的情侣，到处是炫目的焰火、鲜花、亲吻，还有那些琳琅满目的礼物。可这个世界上，有些爱不过就是一颗藏在家乡布丁里的银纽扣——很老土很俗套，但让人无法忽视。

请联系我们！

因本书中的部分稿件来自网友选送，故有些文章的作者未能及时联系上。

希望原文作者看到本书后尽快与我们联系，我们将奉上稿酬，以此感谢您的参与。（稿酬：50元/千字）

确认作者的信件请发送至：wanrongbook@126.com

来信请注明“真情树”字样。